The Independent Bookworm

Über das Buch

Es war einmal in einer Welt, in der Magie und Technik mit unerwarteten Konsequenzen aufeinander treffen …

Als Martin einer schwangeren Frau hilft, vor den Häschern des Königs zu fliehen, ahnt er nicht, dass die Zwillinge, die sie in sich trägt, sein einsames Leben für immer verändern werden.

Was wäre, wenn wenn die Brüder Grimm den Zwerg in „Schneeweißchen und Rosenrot" missverstanden hätten?

Über die Autorin

Katharina Gerlach hat seit ihrer Geburt den Kopf in den Wolken und lebte mit drei jüngeren Brüdern mitten in einem Wald im Herzen der Lüneburger Heide. Schon früh verschwand sie tagelang in magischen Abenteuern, vergangenen Zeiten oder unheimlichen Märchenwäldern, denn auch junge Wilde lernen irgendwann Lesen.

Auf die Erde kehrte sie nie lange zurück, obwohl es ihr gelang, eine Lehre zur Landschaftsgärtnerin erfolgreich abzuschließen, Forstwissenschaften zu studieren und sogar einen Dr. rer. nat. zu erhalten. Eines Tages wurde ihr klar, dass sie schreiben muss, wenn ihr Traum, ihre Geschichten zu teilen, wahr werden sollte. Ihr erster Roman war eine Katastrophe und wird nie das Licht der Welt erblicken. Doch sie lernte dazu, und nun verkaufen sich ihre Geschichten sogar.

Katharina schreibt am liebsten Fantasy, Science Fiction und Historische Romane für alle Altersgruppen. Zurzeit arbeitet sie an ihrem nächsten Projekt in einem Häuschen nicht weit von Hildesheim, wo sie mit ihrem Mann, drei Kindern und einem Hund lebt (sie halten sie lange genug auf dem Boden der Tatsachen, dass sie nicht auf Flügeln der Phantasie entschwindet).

Mehr Informationen: http://de.KatharinaGerlach.com

DER ZWERG UND DIE ZWILLINGE

SCHNEEWEISSCHEN UND ROSENROT

SCHÄTZE NEU ERZÄHLT 1

Katharina Gerlach

Der Zwerg und die Zwillinge, Schätze Neu Erzählt 1
erschienen im Independent Bookworm Verlag, USA und D
Dieses Buch ist auch als eBook erhältlich. Es ist auf Deutsch und auf
Englisch erschienen.

© 2014, alle Rechte an der Geschichte liegen bei der Autorin
© 2015, cover art by Katharina Kolata
© 2015, title background by Corona Zschusschen
© 2014, logo by colorgraphix
© 2014, paragraph divider by Katharina Kolata
editor: Ethan James Clarke
printed On-Demand Publishing LLC, 100 Enterprise Way, Suite A200,
Scotts Valley, CA 95066, USA, www.createspace.com

ISBN-13 978-3-95681-028-2

Weitere Information finden Sie auf der Verlagswebsite:
http://www.IndependentBookworm.de

Für meine Familie. Ohne Euch hätte ich es nicht geschafft.

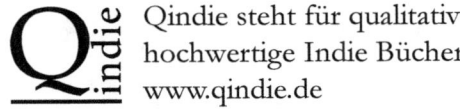

Qindie steht für qualitativ
hochwertige Indie Bücher
www.qindie.de

INHALTSVERZEICHNIS

Der Zwerg und die Zwillinge

Ich erwarte nicht, dass ich überleben werde. Die Vorahnung ist zu stark. Aber ich weiß, dass die Welt durch meinen Zauber und die Liebe einer Frau ein besserer Ort sein wird. In meiner Vision sehe ich die Mädchen kommen. Sie sind kleine Sonnen im dunklen Leib ihrer Mutter, die um ihr Leben fürchtet, während sie durch den Wald rennt. Berittene Soldaten, darauf aus, jemanden zu bestrafen, irgendjemanden, jagen die Frau. Es sind dieselben Soldaten, die ihren Mann abgeschlachtet haben, weil er sich weigerte, in den Minen des Königs zu arbeiten. Wenn ich nichts tue, werden drei Unschuldige sterben. Ich lächle. Ein Zwerg gegen die Männer des Königs. Ohne meine Magie hätte ich keine Chance.

Ich knie mich hin, grabe meine Hände in die Erde und ziehe dabei meinen Bart ein Stück unter die Oberfläche. Wellen der bekannten Kraft rauschen in meinen Knochen und verdrängen, was ich sehe und höre. Worum ich bitte, wird meine Freunde teuer zu stehen kommen, aber drei Leben stehen auf dem Spiel. Ich vereine meine Seele mit den Bäumen, bereit, ihren Schmerz zu teilen. Sie bewegen sich furchtbar langsam. Zuerst Äste, dann Wurzeln und Stämme blockieren den Weg, den die

9

Frau genommen hat. Die Soldaten schreien und hacken gegen die Bäume, bis meine Arme so wund und blutig sind wie die Glieder meiner Freunde. Die Frau stolpert weiter, ohne zu wissen, wie sie entkommen ist.

Ich danke meinen Freunden und nehme ihren Schmerz mit mir. Ihnen werden neue Äste wachsen, um die verlorenen zu ersetzen, aber mein Körper wird noch für Wochen wehtun. Mein Geist kehrt in seine zwergenhafte Hülle zurück, und die Welt um mich herum wird wieder scharf. Ich lege mich hin, rolle auf den Rücken, stopfe meinen langen Bart in meine Weste und sehe den Wolken nach, die am Himmel vorbeiziehen. Wie kann ein so sonniger, heller Tag, mit Gewalt und Tod erfüllt sein?

Zwar sind Bäume und Tiere froh, dass weniger Menschen durch den Wald laufen, seit der König seine Untertanen dazu zwingt, unter der Erde zu arbeiten. Aber die Erde leidet. Seit zwei Jahren bin ich damit beschäftigt, die Tunnel daran zu hindern, über ahnungslosen Minenarbeitern zusammenzubrechen. Ich seufze und stehe auf. Dabei versuche ich, den Schmerz zu ignorieren, der durch meinen Rücken schießt. Noch gebeugter als sonst schlurfe ich den Pfad hinunter und frage mich, wohin die Frau wohl gegangen ist. Mit ihrem dicken Bauch wird es schwer für sie werden, das benachbarte Königreich zu erreichen. Ich mache mich auf den Weg, sie zu suchen. Die Zwillingslichter in ihrem Bauch ziehen mich an, wie Licht die Motten.

Ich finde sie ins Gras neben einem Bach gekauert. Sie schnauft und verkrampft von Zeit zu Zeit vor Schmerz. Das Licht ihrer Kinder ist so stark, dass es mir schwer fällt, sie anzusehen. Was weiß ich schon von einer Geburt? Ich seufze und wende den Blick von der Helligkeit ab. Ein Stück den Hügel hinauf ist eine Höhle. Vielleicht ist sie ja als Unterschlupf geeignet. Wortlos helfe ich der Frau auf die Füße, und stütze sie so gut ich kann mit meinem plumpen Körper. Die Höhle ist dunkel und kühl.

Ich berühre den Stein, und ein Kamin wächst aus der rückwärtigen Wand. Zur Linken hebt sich ein Bett aus dem Boden, und zur Rechten entsteht ein Tisch mit drei Hockern, alles aus Stein. Ich helfe der Frau ins Bett und frage mich, warum ich mich um sie kümmere. Ich bin den Menschen aus dem Weg gegangen, seit mich der jetzige König vor vielen Jahren davongejagt hat. Das Leuchten der Zwillingsflammen ist Antwort genug.

Die Frau packt meinen Arm. Ihre Finger graben sich in mein Fleisch. Ich beiße mir auf die Zunge und schreie nicht.

„Wer immer du bist", sagt sie, „du hast mich gerettet. Danke."

Ich nicke und helfe ihr, sich hinzukauern. Das Bett wird Decken brauchen und eine weiche Matratze. Darum kann ich mich kümmern, wenn die Zwillingslichter unsere Luft atmen. Eine neue Wehe schüttelt ihren Körper.

„Pressen." Ich lege meine Hand auf das untere Ende ihres Rückens. Ihr Körper entspannt sich und verkrampft erneut. Mit meiner Magie besänftige ich die quälenden Wellen, die ihren Körper schütteln, um sie erträglich zu machen. Die Frau ist nicht dafür gebaut, zu gebären. Endlos lange verbringen wir auf dem steinernen Bett. Die Frau hockt und presst, während ich ihren Rücken stütze. Und dann geht alles sehr schnell, und ich bin zu beschäftigt, um irgendetwas anderes zu tun, als zu helfen.

Als alles vorbei ist, liegt die Frau auf dem Rücken auf dem Bett mit zwei Bündeln in den Armen. Wegen meiner Schmerzen habe ich geschwitzt, was mir seit Jahren nicht passiert ist. Der Raum ist so ordentlich und sauber, wie ich ihn machen kann. Ich wende mich zum Gehen, als mich die Frau zurückruft.

„Du musst ihnen Namen geben", sagt sie.

„Mach du das."

„Bitte. Ich spüre es in meinen Knochen, dass du ihnen die perfekten Namen geben wirst."

Ich starre die Bündel an und zwinkere von Zeit zu Zeit, um am Licht ihres Lebens vorbei zu sehen. Es wird sich mit der Zeit verdunkeln, grade so, wie das Licht ihrer Mutter beim Tod ihres Mannes an Leuchtkraft verlor.

„Darüber muss ich nachdenken. Ich komme wieder." Eilig verlasse ich die Höhle und verstecke mich in meinem unterirdischen Zuhause. Ich fürchte mich davor zurückzugehen. Bald schlafe ich vor Erschöpfung ein. Eigentlich träume ich nie, aber in dieser Nacht sehe ich die beiden Mädchen. Ist das wieder eine Vision, oder werde ich langsam zum Menschen?

Im Morgengrauen verlasse ich mein Heim und stolpere über zwei Rosen, die direkt vor meinem Eingang Wurzeln geschlagen haben. Da habe ich eine Idee. Jetzt weiß ich, wie ich die Mädchen nennen werde. Ich hocke mich hin und benutze meine Zauberkraft. Die Rosen verlassen die Erde, klettern in meine Hände und wickeln dabei zierliche Ranken federartiger Wurzeln auf. Als nächstes hole ich ein paar Dinge, die die Frau brauchen wird.

Auf dem Weg zur Höhle fülle ich die Rosen mit meiner Magie, damit sie die Flüchtlinge beschützen können. Als ich die Höhle betrete, schläft die Frau noch. Die Babys sind wach und zappeln mit den Armen.

„Du sollst heißen Rosenrot." Ich halte eine der Rosen dicht an das dunkelhaarige Baby, obwohl mir der Schmerz, den ich ihr verursachen werde, Sorgen macht. Ein Zweig streckt sich, und ein Dorn sticht in den kleinen Finger. Ein winziger Tropfen Blut spritzt auf den Stängel, und die Rose saugt ihn auf. Das Baby schreit nicht. Es starrt mich nur mit großen Augen an.

„Du sollst heißen Schneeweißchen." Ich wiederhole das Ganze mit der zweiten Rose und dem Baby mit den hellen Haaren. Es schreit auch nicht und schafft es sogar, den Finger in den Mund zu stecken. Ich weiß gar nicht, warum mich die Erleichterung so schwindlig macht.

Da beide Rosen meine Magie akzeptiert und sich mit den Kindern verbunden haben, werden sie die Mädchen beschützen, und ich kann in mein Leben zurückkehren. Ich mache Feuer und stelle einen meiner wertvollen Metalltöpfe mit etwas zum Essen auf den Tisch. Daneben lege ich einen Zettel mit den

Namen der Mädchen. Bevor ich gehe, pflanze ich die Rosen zu beiden Seiten des Höhleneingangs ein. Ich habe getan, was ich kann, um sicherzustellen, dass die Mädchen überleben werden.

Der König spürte die Anziehung seines Goldes von der Schatzkammer bis zum Thronsaal. Sobald er seine täglichen Pflichten erledigt hatte, würde er die neuesten Zahlen bekommen. Er hob sich das Beste immer bis zum Schluss auf. Wie er sich danach sehnte, die wertvollen Steine und Metalle zu berühren. Er fühlte sich viel lebendiger, wenn er das tat.

„Antragsteller fünfundsiebzig", verkündete der Hofmarschall.

Eine Frau in einem geflickten, braunen Kleid stand vor dem Thron, starrte zu Boden und traute sich nicht, die Augen zu heben. Mit den Gedanken bereits in der Schatzkammer, hatte er sie nicht kommen sehen. Er seufzte.

„Antragsteller fünfundsiebzig erbittet einen Besuch ihres Ehemanns", las der Hofmarschall von einer Schriftrolle ab.

„Für die Zucht?" Der König lächelte.

„Nein, Herr. Ihr Sohn ist gestorben. An Minenhusten. Sie möchte, dass ihr Ehemann zur Beerdigung kommt."

„Sklaven brauchen keine Beerdigung. Werft ihn auf den Abfallhaufen. Nächster." Seine Gedanken kehrten zu den Fässern mit Goldstücken zurück. Er brauchte mehr, viel mehr.

„Bitte, Majestät, habt Erbarmen." Die Stimme der Frau war kaum mehr als ein Flüstern. „Er war unser einziger Sohn."

Erbarmen … Widerwillig zwang sich der König, ihr Tränen verschmiertes Gesicht anzusehen. Seine Berater behaupteten steif und fest, dass sich ein guter König seiner Untertanen erbarme.

„Bringt Sie zu den Minen. Ihr Ehemann darf einen Tag aussetzen, aber ein Soldat wird sie auf Schritt und Tritt begleiten."

Die Frau verbeugte sich und weinte lautlos. Zwei Wachen traten vor und führten sie fort.

„Der Hauptmann der königlichen Garde", kündigte der Hofmarschall an.

Der kam sicher wegen des Solds. Der Magen des Königs verkrampfte sich. Es tat unendlich weh, etwas von seinem Gold abzugeben. Es war seins. So viel Schweiß hatte er dafür geopfert. Von Rechts wegen müsste es in seiner Schatzkammer bleiben. Aber die Loyalität der Garde und der Armee hingen von seinen Zahlungen ab.

Der Offizier marschierte bis vor den Thron und grüßte militärisch. Er stand stramm, mit der rechten Hand am rechten Ohr.

Der König nickte.

„Irgendetwas Wichtiges?" Er lehnte sich zurück.

„Der Aufrührer hat wieder eine Familie außer Landes geschmuggelt, obwohl wir die Grenzpatrouillen verdreifacht haben. Die Soldaten in den Minen finden keinen Hinweis darauf, wie es ihm gelingt, die Sklaven zu befreien. Aber wir arbeiten daran." Schweiß stand auf der Stirn des Kapitäns.

Der König knurrte.

„Treibt das Süddorf zusammen und ergänzt die fehlenden Sklaven mit Männern von sechs bis fünfundvierzig als Ersatz. Wenn der Aufrührer so weitermacht, müssen wir noch ein Dorf rekrutieren."

Der Kapitän verbeugte sich.

„Der Schatzmeister wird den Sold heute Nachmittag am üblichen Ort auszahlen." Die Worte schmerzten den König. Jeden Monat wurde es schwieriger, sie auszusprechen. Doch es war unumgänglich, wenn er sicherstellen wollte, dass keines der Nachbarkönigreiche angreifen würde. Es war ihr Glück, dass sie der große Wald von den meisten Feinden trennte.

Er winkte den Kapitän fort. Glücklicherweise war das sein letzter Termin. Nun war er endlich frei, in die Schatzkammer zu gehen und die Finger in die neu geprägten Goldstücke zu wühlen. Er spürte schon das Kribbeln, das das Geld in seinem Körper auslöste. Es lockte ihn.

Ein Junge mit goldenem Haar, kaum älter als fünf Jahre, näherte sich dem Thron mit einem Beutel Edelsteine in der Hand.

„Wäre es dir genehm, jetzt mit mir zu spielen, Vater?"

Der Drang, nach seinem Geld zu sehen, ließ nach, und sein Herz weitete sich vor Stolz. Sein Sohn würde eines Tages ein großartiger König sein. Wenn er bei ihm war, konnte er das Locken des Goldes ignorieren. Ein Lächeln breitete sich auf dem Gesicht des Königs aus.

„Selbstverständlich, mein Lieber." Er verließ den Thron und kniete sich neben seinen Sohn.

Adele wachte auf. Ihre Babys schliefen noch, beide mit einem kleinen Finger im Mund. Sie lächelte sie an und stand leise auf. Im Kamin brannte ein Feuer, und ein Pott mit Eintopf stand auf dem Tisch. Ihr Herz füllte sich mit Dankbarkeit für den Zwerg, der letzte Nacht so unerwartet aufgetaucht war, um ihr zu helfen. Als sie den Eintopf aufwärmte, stieg ihr der Rauch in die Nase und erinnerte sie an ihren Verlust. Nie wieder würde sie den Duft ihres Ehemannes nach Holzfeuer und frischer Luft riechen. Nie wieder würde sie seine Arme um sich fühlen. Alles, was sie von ihm noch hatte, waren seine Töchter – ihre Kinder.

Sie wünschte sich nichts sehnlicher, als zu erleben, dass jemand das Schwert, das ihren Mann ermordet hatte, dazu benutzte, den König zu töten. Wenn sie doch nur ein Mann wäre … Sie würde diesen gierigen Sohn zweifelhafter Herkunft seine eigene Medizin schmecken lassen. Doch das wäre ihr sicherer Tod. Wer würde sich dann um ihre Kinder kümmern? Ihr Magen knurrte, also aß sie den Eintopf. Sie musste stark sein, um die Mädchen aufzuziehen.

In den folgenden Jahren kühlte Adeles Hass, ab, und sie erwarb Fähigkeiten, die sie brauchte, um für ihre Kinder zu sorgen. Sie lernte, essbare Pflanzen zu erkennen, zu fischen und zu jagen. Sie hasste es, einen Hasen zu töten. Aber er machte sie und ihre Töchter satt.

Wie sie sich über Rosenrots erstes „Mama" freute. Wie stolz sie war, als Schneeweißchen auf wackeligen Beinchen allein durch die Wohnung stapfte. Gelegentlich besuchte sie der Zwerg. Dann saßen sie im Mondlicht am Fluss und redeten miteinander. Er beruhigte sie, wenn sie ihm besorgt von den Visionen erzählte, die Schneeweißchen gelegentlich hatte, und brachte ihnen Essen, wenn sie nicht genug hatten. Das Leben ging weiter. Der Schmerz in ihrem Herzen wurde weniger, auch wenn er nie ganz verschwand.

Bald begannen die Kinder nach anderen Menschen zu fragen. Sie erzählte ihnen Geschichten darüber, wie das Königreich war, bevor die Gier des Königs es ruinierte. Sie erklärte, wie die Menschen die Felder bestellten und ernteten, und wie sie jagten. Bevor sie sich's versah, hatte Schneeweißchen einen Garten um ihre Wohnung herum gepflanzt. Sie behauptete, sie hätte die Anweisungen dafür geträumt. Und Rosenrot wurde die beste Jägerin, die Adele je getroffen hatte. Nicht, dass sie viele getroffen hätte. Wann immer Rosenrot auszog, um zu jagen, kam sie mit Beute zurück. Was immer Schneeweißchen pflanzte, wuchs in erstaunliche Höhen und überschüttete sie mit so reichen Ernten, wie Adele sie nie zuvor erlebt hatte. Die Zeit flog nur so vorbei. Bald waren die Mädchen größer als ihre Mutter.

Doch eines Abends kam Rosenrot ohne Beute nach Hause. Ihr Gesicht war so blass wie das von Schneeweißchen, was für das braungebrannte Mädchen sehr ungewöhnlich war. Da Schneeweißchen Adele vorgewarnt hatte, wartete sie bereits an der Tür und umarmte ihre Tochter wortlos. Schneeweißchen führte ihre Schwester zu einem Stuhl. Mit einem dankbaren Lächeln setzte sich Rosenrot hin.

„Da waren Menschen. Sie sahen genauso aus wie wir, aber sie ritten auf Hirschen ohne Geweih. Sie lachten und scherzten, obwohl sie einen Zwerg mit einem langen Bart jagten. Ich wollte ihm helfen, aber er schien sich im Wald noch besser auszukennen als ich. Als er mich bemerkte wurden seine Augen so groß, als wäre er erstaunt, mich zu sehen. Bevor ihn die Reiter fangen konnten, verschwand er spurlos. Die Reiter suchten ihn vergeblich."

Adeles Herz zog sich schmerzhaft zusammen. Die Zeit war gekommen, wo sie ihre Kinder nicht länger vor der Welt um sie herum beschützen konnte. Sie hatte gewusst, dass dieser Tag kommen würde und hatte Angst davor.

„Den kleinen Mann kennt ihr." Sie sank auf ihren Stuhl. „Ich habe euch oft erzählt, wie er eure Rosenbüsche gepflanzt hat, und ich möchte nicht, dass ihr ihn Zwerg nennt."

„Er ist unser Pate?" Schneeweißchen klatschte begeistert in die Hände.

„Er ist der einzige Freund, den ich in diesen Wäldern habe. Was immer ihr tut, zollt ihm größtmöglichen Respekt. Ohne ihn wäre ich vor siebzehn Jahren mit Sicherheit gestorben." Zögernd erzählte sie ihnen die wahre Geschichte über das, was geschehen war, als sie geboren wurden, nicht die Version, die sie für neugierige Kleinkinder angepasst hatte. Sie berichtete noch einmal, wie er ihnen Namen gegeben und ihnen die Rosenbüsche dagelassen hatte, die ihr Heim beschützten. Diesmal zwang sie sich, auch über den Tod ihres Mannes und die Tränen, die sie vergossen hatte, zu reden. Eine lange Zeit hielten sich die Drei gegenseitig in den Armen, um das Böse der Welt auszuschließen.

Später schliefen ihre Töchter. Da Adele noch nicht müde war, ging sie hinaus, um den Vollmond draußen zu genießen. Ein kleiner Schatten erschien an ihrer Seite.

„Darf ich einen Augenblick bei dir sitzen?", fragte der kleine Mann.

Adele war nicht überrascht, ihn zu sehen. Nach den heutigen Ereignissen hatte sie ihn erwartet. Schweigend betrachteten sie gemeinsam die Wolken, die über das besorgte Gesicht des Mondes huschten.

„Werden sie wiederkommen?", fragte Adele.

Er nickte.

„Ich habe die passende Größe für die Minen. Außerdem suchen sie nach anderen, die sich im Wald versteckt haben könnten."

„Wie viele Dörfer hat er bereits unter die Erde gezwungen?"

„Drei bisher. Soldaten bewachen die Frauen und die kleinen Kinder, um die Sklaven von der Flucht abzuhalten. Es ist leicht, Unschuldige abzuschlachten." In der Stimme des kleinen Mannes schwang Verachtung mit.

„Wenn nur jemand dem König eine Lektion erteilen würde." Adeles Hände ballten sich zu Fäusten. „Sieht er nicht, dass er das Land ruiniert? Die Menschen hungern. Es sind nicht genug Arbeiter übrig, die Lebensmittel für alle anbauen, und er treibt immer mehr in die Minen, um Gold und Juwelen in seine Kisten zu schaufeln. Wann wird er verstehen, dass man Edelsteine und Metall nicht essen kann?" Der kleine Mann legte eine Hand auf ihren Arm, und sie wendete sich ihm zu. „Du bist viel menschlicher als alle anderen, weißt du."

„Ich war schon immer ein Mensch." Der Mann ließ seine Hand in seinen Schoss zurückfallen. „Als kleines Kind hatte ich alles, was ich mir wünschen konnte: Spielsachen, Essen, eine liebevolle Mutter, einen stolzen Vater, und einen kleinen Bruder. Als ich zehn wurde, war mein kleiner Bruder größer als ich. Häufig hielten ihn die Leute für den Älteren und riefen ihn mit meinem Namen. Als ich dreizehn wurde, beschränkte mein Vater meine Bewegungen auf die Kinderzimmer."

„Was war mit deiner Mutter?"

„Sie liebte mich so, wie ich war, aber sie war die Einzige. Sie starb kurz nach meinem fünfzehnten Geburtstag. Nach ihrer Beerdigung packte ich, was ich für nötig hielt, und verließ einen Haushalt, der mich schon fast vergessen hatte. Ich bin glücklich hier. Niemand schimpft mich Zwerg oder wirft mit Steinen nach mir." Er strich über seinen langen, braunen Bart. Funken stoben heraus und tanzten mit den Glühwürmchen einen stillen Tanz.

Adele lächelte, aber ihr Herz war schwer.

„Ich bin froh, dass du hier warst, als ich ankam. Für mich bist du ein guter Freund, wenn du nichts dagegen hast."

Die Augen kleinen Mannes wurden groß. Es war auch möglich, dass er rot wurde, aber das war im Halbdunkel der Nacht schwer zu erkennen. Er winkte ihre Bemerkung beiseite und stand auf.

„Pass lieber auf, dass deine Mädchen verborgen bleiben. Wir wissen nicht, was die Soldaten mit zwei solchen Schönheiten tun würden, bevor sie sie in die Minen verschleppen."

Adele erkannte die Wahrheit in seinen Worten, und ihr Herz fühlte sich an, als hätte jemand ein Messer hinein gerammt. Schweigend und unbeweglich sah sie ihm nach, als er ging, aber ihr Inneres war in Aufruhr. Wenn ihren Mädchen irgendetwas passieren würde, wäre das ihr Ende.

Ich gehe davon, aber ihr besorgtes Gesicht bleibt in meinen Gedanken, während ich wie benommen durch den nächtlichen Wald stolpere. Warum habe ich ihr von meiner Kindheit erzählt? Ich habe seit Ewigkeiten mit niemandem darüber gesprochen. Es hilft nicht, sich dem Schmerz der Vergangenheit auszusetzen. Es weckt nur Erinnerungen, denen ich mich nicht stellen will. Ich zwinge mich, das Schlaflied meiner Mutter nicht zu hören, dass sie mir immer vorgesungen hat. Ich will die schlanke, grün leuchtende Fee nicht sehen, die sich neben meiner Mutter über meine Wiege beugt. Am allerwenigsten will ich die Worte meiner Patin hören, doch sie stecken tief in meiner Erinnerung fest.

„Oh je. Ein Wunsch allein wird seine Probleme nicht beheben. Ich denke, ich sollte ihm lieber etwas Sinnvolles schenken." Sie hebt ihren Zauberstab, und federleichte Lichtkrümel regnen auf mich herab. Ich kichere und verpasse beinahe ihren Wunsch.

„Zur rechten Zeit wird dir einen Bart wachsen. Ist der Bart verschwunden, werden es deine Probleme ebenfalls sein."

Ich schüttle meinen Kopf, und die Erinnerung verdampft wie Morgentau in der Sonne. Die Hände auf die Knie gestützt schnaufe ich, als wäre ich gerannt. Um mich herum wird es langsam hell. War ich wirklich die halbe Nacht in Erinnerungen versunken? Und warum muss ich ausgerechnet an diese Szene denken? Niemand erinnert sich an seine Taufe. Also warum kann ich das?

Das Donnern schwerer Tiere erschüttert den Boden. Hufschlag. Ich ducke mich und renne. Ein Netz schlägt auf dem Boden auf, wo ich vor einer Sekunde noch gestanden habe. Verdammte Erinnerungen. Ich hetze durch das Unterholz, so schnell ich kann. Männer zu Fuß folgen mir, während die Reiter den langen Weg um das Dickicht herum reiten. In meinem Wald haben sie keine Chance. Ich grinse.

Wenigstens ist mein Bart so nützlich, wie die Fee es geplant hat. Ich streiche über ihn, während ich renne. Die Magie fließt durch meinen Körper, zerrt an meinen Knochen, wirft Falten in meine Haut und lässt mein Haar wachsen. Glühende Schmerzen schießen durch mich hindurch, aber solange ich mich bewege, sind sie erträglich. Also stolpere ich weiter. Ich erreiche den Pfad, auf dem die Reiter kommen. Sie sind nah, aber nicht zu nah. Ich trete aus dem Dickicht hervor, wische mir den Schweiß ab und setzte mich auf einen Holzklotz. Sie sehen mich und halten an.

„Heh, Alter." Der junge Mann ganz vorne ähnelt dem König so sehr, dass es sein Sohn sein muss. „Hast du einen Zwerg hier lang kommen sehen?"

Ich lege die Hand ans Ohr und schiebe eine Strähne meiner fettigen, grauen Haare zurück, die vor wenigen Minuten noch braun gewesen waren.

„Häh? Kannste nich lauter reden?" Ich sabbere und grinse.

„Vergesst den Idioten, Hoheit", sagt einer der anderen Reiter.

Drei Fußsoldaten stolpern aus dem Dickicht. Sie reihen sich hinter den Reitern ein.

„Wir haben ihn verloren. Lasst uns heimkehren. Morgen kommen wir wieder", befiehlt der junge Prinz. Sein blondes Haar glänzt in der aufgehenden Sonne wie gesponnenes Gold. Sein muskulöser Körper enthält so viel Energie, dass ich geblendet die Augen schließe. Doch als sie an mir vorbei reiten, sehe ich ihnen nach. Wie gut der Prinz aussieht, und wie unglücklich er seinen Vater bald machen wird. Das ist mehr als eine Vorahnung – das ist ein Versprechen.

„Du bleibst zu Hause."

Rosenrot hatte ihre Mutter noch nie so unnachgiebig erlebt, aber sie fühlte sich im Haus eingesperrt. Der Wald wartete auf sie. Vielleicht würde sie auch die Jäger wiedersehen. Insbesondere ihren Anführer mit den goldenen Haaren und der stolzen Haltung.

„Sie werden mich nicht bemerken. Ich kann mich sehr gut verstecken", schrie sie. „Ich bin kein kleines Mädchen mehr."

„Ich will doch nur dein Bestes." Die Stimme ihrer Mutter bettelte um Verständnis. Aber das Blut pulsierte so laut in Rosenrot Adern, dass sie die Stimme der Vernunft nicht hörte. Sie stürmte aus der Höhle in den Garten. Schneeweißchen kniete auf dem Moos überwucherten Pfad zwischen den Blumenbeeten unter dem Fenster, wo sie Unkräuter gejätet hatte. Ihre Hände lagen bewegungslos in ihrem Schoß und Tränen liefen über ihr Gesicht. Sie spülten Rosenrots Wut davon. Wortlos hockte sie sich neben ihre Schwester und umarmte sie.

„Tut mir leid. Ich wollte Mutter nicht anschreien, aber der Wald ruft nach mir. Ich kann nicht untätig herumsitzen." Sie lehnte ihren Kopf gegen Schneeweißchens, und die Schwester klopfte ihr wortlos auf den Rücken. Schweigend saßen sie bis, Rosenrot sich wieder beruhigt hatte.

„Mutter hat Angst. Sie will dich nur beschützen." Schneeweißchen sprach nicht viel, aber wenn sie es tat, klang es, als sängen die Vögel.

„Aber ich muss etwas tun. Ich sterbe, wenn ich nichts tue. Und du weißt, dass ich nicht gut nähen oder kochen kann."

„Warum hilfst du mir nicht bei der Ernte?", schlug Schneeweißchen vor. „Der Herbst ist nicht mehr weit, und die Pflanzen sind so gut gewachsen, dass wir für viele Tage zu tun haben werden."

Widerwillig nickte Rosenrot, und Schneeweißchen sagte ihr, was zu tun war. Da ihre Hände beschäftigt waren, ließ der Drang, im Wald zu jagen, ein wenig nach.

Bald war es Zeit für das Mittagessen, und sie gingen, um Wasser aus dem Bach zu schöpfen. Als sie zurückkamen, blieb Rosenrot am Waldrand stehen. Es fiel ihr unendlich schwer, die Sehnsucht zu unterdrücken, insbesondere weil sie wusste, dass die anderen Jäger da draußen waren. Zu gerne wollte sie das attraktive Gesicht ihres Anführers wiedersehen.

„Wieso ist Mutter so sicher, dass die Soldaten nicht herkommen werden?"

Schneeweißchen lachte. In Rosenrots Ohren klang es wie ein Bach, der in den schattigen Teilen des Waldes über Baumwurzeln perlte.

„Sag nicht, dass du den Zauber der Rosen nicht sehen oder spüren kannst", sagte Schneeweißchen.

Rosenrots Augen weiteten sich. Die Rosen? Was war so besonders an Ihnen? Sie drehte sich zu dem Rankenteppich um, der über dem Eingang ihrer Höhle hing. Er ähnelte einem rot weißen Wasserfall. Mit einem Mal schmerzte sie eine Fingerspitze, und sie steckte sie in den Mund. Ein goldenes Leuchten strahlte von den Rosen aus und füllte die kleine Lichtung bis zum Waldrand. War das die Magie die Schneeweißchen meinte? Wie kam es, dass sie sie noch nie bemerkt hatte? War sie wirklich so oft fort gewesen? Und warum hatte Schneeweißchen nie etwas gesagt?

Lautes Bellen klang den Pfad entlang. Schneeweißchen packte Rosenrots Arm und zog sie in das Leuchten. Sie flüsterte ihr ins Ohr: „Die Rosen verstecken unser Heim und den Garten vor jedem außer uns. Solange wir hier sind, wird uns niemand finden."

Eine Meute Jagdhunde raste den Pfad entlang, hielt und schnüffelte winselnd. Sie wirbelten genau dort umeinander, wo Rosenrot noch vor einem Moment gestanden hatte. Als die Reiter um die Kurve galoppierten, hielten die Schwestern den Atem an. Rosenrot konnte sich kaum satt sehen an dem jungen Jäger mit dem blauen Mantel, der ihm fröhlich um die Schultern flatterte als er auf sie zu raste. Das Gesicht mit den geröteten Wangen glühte förmlich vor Jagdfreude. Sie musste sich zwingen, da zu bleiben, wo sie war. Die Hunde bellten, als hätten sie gefunden, was sie suchten, und rannten weiter. Die Reiter folgten ihnen schreiend und lachend. Sie donnerten an den Mädchen vorbei, und der Boden zitterte.

Die Welt wurde wieder ruhig. Erleichtert atmete Rosenrot auf, bis sie bemerkte, dass Schneeweißchen immer noch zitterte. Ihre Augen waren geschlossen, und sie reagierte nicht auf Rosenrots Umarmung. Wahrscheinlich hatte sie wieder eine ihrer Visionen. Die Reiter hatten ihr sicherlich nicht so viel Angst gemacht. Rosenrot murmelte ermutigende Worte, um ihre Schwester zu beruhigen, aber ihre Gedanken wanderten zurück zu dem fröhlichen jungen Menschen, der die Jäger anführte. Er hatte so breite Schultern, und seine Arme wirkten so stark wie ihre. Sein hellblondes Haar erinnerte sie an den Weizen, den Schneeweißchen von den Feldern in den bergigen

Regionen des Waldes geerntet hatte. Das sorgenfreie Glück, dass er ausstrahlte, hakte sich in Rosenrot Herz. Die Sehnsucht, mit ihm zu jagen, wurde unerträglich. Wie viel Spaß es machen musste, mit einer Gruppe zu jagen. Wie viel Fleisch würde sie für ihre Familie beschaffen können. Wie würden seine grauen Augen sie ansehen, wenn er bemerkte, wie geschickt sie mit Pfeil und Bogen war.

Vor sich hin träumend führte sie Schneeweißchen nach Hause. Die Mutter zog einen Hocker hervor und half Schneeweißchen, sich hinzusetzen. Sie streichelte das blasse Gesicht. Schließlich kam Schneeweißchen zu sich und starrte ihre Mutter mit Tränen in den Augen und zitternder Unterlippe an.

„Wir müssen sie stoppen. Sie werden unseren Paten töten."

Rosenrot wurde klar, dass sie nicht einmal den Namen des Zwergs … Nein, des kleinen Mannes, kannten.

„Woher weißt du das?" Adele runzelte besorgt die Stirn.

„Ich spüre es in meinen Knochen, und die Rosen haben es bestätigt." Tränen liefen über Schneeweißchens Gesicht. Sie zerrten genauso stark an Rosenrots Herz, wie die Sehnsucht, in den Wald zurückzukehren. Sie musste dem jungen Jäger einfach folgen. Ganz bestimmt würde er nicht zulassen, dass seine Freunde dem Paten wehtaten. Schneeweißchens blaue Augen suchten ihre braunen.

„Tu' etwas, Rosenrot. Ich weiß, dass du es kannst."

Wortlos wandte sich Rosenrot um, schnappte sich ihren Bogen und die Pfeile, und rannte aus der Höhle, bevor ihre Mutter sie stoppen konnte. Die ganze Anspannung fiel in dem Moment von ihr ab, als sie den goldenen Einflussbereich ihrer namengebenden Rose verließ.

Unter den großen Bäumen des Waldes herrschte Stille. Rosenrot hatte gelernt, sich daran anzupassen. Sie wusste, wie man etwas verfolgte, ohne bemerkt zu werden. So leise wie ein Schatten und so unsichtbar wie ein Windhauch folgte sie den Jägern. Sie fand sie neben einem Teich, wo sie aßen, tranken, und lachten. Die müden Hunde waren an eine Stange gebunden worden. Hechelnd warteten sie auf einen Tropfen Wasser, aber niemand kümmerte sich um sie. Rosenrot runzelte die Stirn. Warum bemerkte ihr Jäger das nicht?

Als hätte er ihre Gedanken gelesen, winkte der junge Jäger, offensichtlich der Anführer der Gruppe, einen braun gekleideten Jungen herbei, der am Waldrand stand.

„Bring die Hunde nach Hause. Sie sind nicht geeignet, die Beute zu jagen, die wir suchen."

„Sehr wohl, Hoheit." Der Junge verbeugte sich und nahm das Bündel Leinen. Widerwillig standen die Hunde auf. Sie gingen erst dann schneller, als sie den nahen Bach rochen. Insgeheim war Rosenrot dankbar, dass sie fort waren. Das machte es einfacher, den Jägern zu folgen.

Geduldig wartete sie darauf, dass die Jäger ihre Pause beendeten, aber die jungen Männer hörten nicht auf mit ihren Späßen. Sie würfelten und spielten um Geld. Sie gaben mit ihren Eroberungen an, wobei Rosenrot sich nicht ganz sicher war, was sie erobert hatten. Sie sangen und tranken, bis sich der Himmel rosa-gelb verfärbte. Schwankend kam ihr Anführer auf die Füße.

„Wir sollten besser losgehen, oder mein Vater wird über den verschwendeten Tag sehr ungehalten sein. Ich frage mich, warum ihm der Zwerg so wichtig ist?" Er stützte sich mit einer Hand auf den Sattel seines Pferdes. „Der kleine Kerl sieht nicht mal wie ein Zwerg aus. Ich habe einen quadratisch gebauten Idioten erwartet, mit steinfarbener Haut und Armen so stark wie Baumstämme."

Seine Freunde lachten. Einer, genauso schwankend, sagte: „Vielleicht hat Euer Vater Angst, dass der Kerl eine Armee zusammenstellt und den Thron erobert."

Die jungen Männer bogen sich vor Lachen. Rosenrot wurde klar, dass der Vater des gut aussehenden Jägers, der König sein musste – ihr König.

Weil sie so stark lachen mussten, brauchten die jungen Männer viel länger, um auf die Pferde zu steigen, als ihrem angetrunkenen Zustand zuzuschreiben war. Rosenrot runzelte die Stirn. Wie konnten sich erwachsene Männer so benehmen? Wie konnten sie erwarten, irgendetwas zu fangen, wenn sie ihre Spielereien der Jagd vorzogen? Wie konnte ein Prinz diese Art von Verhalten gutheißen?

Endlich ritten die Männer los. Diesmal versuchten sie, leiser zu sein. Rosenrot folgte ihnen geräuschlos, obwohl sie zügig durch den Wald ritten. Die Pferde stolperten über Wurzeln und Äste. Schließlich stiegen die Männer ab und ließen die Pferde mit einem der ihren auf einer Lichtung stehen. In der Zwischenzeit war der Mond aufgegangen und erhellte die tintige Schwärze unter dem Blätterdach gerade genug, dass man sehen konnte. Rosenrot wurde ungeduldig. Das erste Mal in ihrem Leben zweifelte sie an den Vorahnungen ihrer Schwester. Diese Männer würden nie in der Lage sein, ihren Paten zu fangen.

„Hah! Hab ich nicht gesagt, dass das klappt?" Die Stimme des hübschen Prinzen klang selbstgefällig. Rosenrot huschte näher, bis sie ihn besser sehen konnte. Er stand neben einem Baum, an dem eine dunkle Gestalt von einem Ast herabhing.

„Schneidet ihn runter", befahl der Prinz.

Rosenrot stockte der Atem, als ihr klar wurde, dass ihr Pate in eine Falle geraten war. Schneeweißchen hatte doch Recht gehabt. Auf allen Vieren kroch sie näher und studierte das Netz, das den Zwerg gefangen hielt. Es war mit den weißen Blüten der Sleepwell-Pflanze besetzt, einem starken Schlafmittel. Als der Zwerg herabgelassen wurde, fiel das Netz zur Seite. Der Gefangene stöhnte und kam zu sich. Zwei Männer zerrten ihn auf die Beine. Er kämpfte dagegen an, aber sie waren viel stärker und hielten seine Arme fest.

„Warum hängt Ihr ihn nicht gleich auf? Euer Vater hat nicht gesagt, dass wir ihn lebend bringen müssen", sagte einer der Jäger. Der goldhaarige Anführer kratzte sich am Kinn, als würde er über diesen Vorschlag nachdenken.

Rosenrots Herz wurde schwer. Wie hartherzig musste ein Mann sein, der die Ermordung eines Menschen in Erwägung zog? Mit einem Mal erschienen ihr die attraktive Gestalt und das hübsche Gesicht des Prinzen leer. Seine Seele entsprach ganz und gar nicht seinem Aussehen. Sie wandte sich von ihm ab und konzentrierte sich auf den kleinen Gefangen.

„Lasst ihn uns zuerst zu den Pferden zurückbringen. Wir wollen sehen, ob er Ärger macht", sagte der Prinz. Seine Männer zerrten den Gefangenen zum Waldweg. Eine Lücke im Blätterdach ließ genug Mondlicht hindurch, dass Rosenrot das Gesicht des kleinen Mannes sehen konnte. Er sah viel jünger aus, als sie erwartet hatte. Aus der Entfernung wirkte er wegen des langen Bartes viel älter. Er biss den Mann zu seiner Rechten. Mit einem Aufschrei zog der Jäger die Hand weg.

So ist's gut, dachte Rosenrot.

Bevor der Zwerg nach einer verborgenen Waffe greifen konnte, hatte der Mann seinen Arm schon wieder gepackt und boxte ihn gegen den Kopf. Rosenrot zuckte zusammen. Sie musste etwas tun. Irgendetwas.

Sie hängte sich den Bogen über die Schulter, zog ihren Dolch hervor und packte einen ihrer Pfeile gleich hinter der Spitze. So leise wie eine Katze wartete sie, während die Jäger an ihr vorbeizogen. Als der Gefangene und seine Wächter näher kamen, schoss sie aus ihrem Versteck. Mit zwei Sprüngen stand sie bei der kleinen Gruppe. Ohne zu zögern, trieb sie die Pfeilspitze in die Hand des linken Mannes und den Dolch in die des rechten Mannes. Die beiden kreischten vor Schmerz und ließen den Gefangenen los. Rosenrot packte ihn und zog ihn in ein Dickicht auf der anderen Seite des Pfads. So leise sie konnte, schleppte sie den Zwerg mit sich und ignorierte seinen Protest. Vor ihnen stieg der Boden zu einem der felsigen Steilhänge an, die es überall im Wald gab. Das Knacken von

Ästen und das wütende Geschrei der Jäger waren zu nahe, um nach einem Pfad zu suchen. Vielleicht würden sie weiter oben ein Versteck finden.

Ich kann kaum glauben, wie stark Rosenrot ist. Halb trägt sie mich bei der wilden Flucht vor dem Sohn des Königs und seinen Männern. Ich weiß, dass sie es gut meint, aber ich könnte das Problem im Bruchteil einer Sekunde lösen, wenn ich nur meinen Bart berühren könnte. Ich schnappe nach Luft. Meine kurzen Beine sind nicht für eine solche Flucht gemacht, und ich brauche meine freie Hand, um die Zweige daran zu hindern, mir ins Gesicht zu schlagen. Wir stürmen so dicht an der Steilkante aus den Büschen, dass sich Rosenrot zurückwerfen und an den Ästen festhalten muss, um die Balance wiederzufinden.

„Lass mich los", sage ich ihr ins Ohr.

Rosenrot gehorcht. Ich lausche nach unseren Verfolgern. Ihr Knacken und Krachen kommt von weiter unteren am Hang. Ich knie mich hin und lege meine Hände auf den Boden. Mein Bart wellt sich zwischen meinen Daumen, als ich die weichen Haare streichle. Ich höre und sehe nichts mehr, während mein Geist auf Reisen geht und Bäume und Büsche bittet, unsere Verfolger in die Irre zu führen. Ich spüre, wie ihre Äste quietschen und knacken und die Geräusche von fliehenden Menschen nachahmen. Sofort ändern die Fußtritte unserer Verfolger die Richtung. Ich kehre in meinen Körper zurück und öffnete den Mund, um Rosenrot alles zu erklären, als ein goldhaariger Jäger ein paar Schritte von uns entfernt aus dem Unterholz stürmt. Mein Herz rutscht in die Hose, als ich den Prinzen erkenne.

An der Abbruchkante kommt er zum Stehen und rudert mit den Armen. Verzweifelt versucht er, die Balance wiederzufinden, während er mit großen Augen auf den zerklüfteten Steilhang zu seinen Füßen starrt.

Rosenrot streckt die Hand aus, um ihn zu packen. Ihre Linke klammert sich an den Ast eines stabilen Busches. Alles vergebens. Unter seinen Füßen rutscht ein Stein weg, und er stolpert über die Abbruchkante.

„Nein!" Sie wirft sich vorwärts, aber ihre Finger verfehlen ihn. Ich hocke da und gaffe wie ein Idiot. Ich habe nie gewollt, dass der Prinz stirbt. So sehr ich den König auch hasse, ich bin kein Mörder. Ich streiche über meinen Bart und spüre, wie die Luft im Rhythmus meines panischen Herzschlags vibriert. Sie wird dicker und bremst den Fall des jungen Mannes erheblich. Auch trägt sie ihn seitwärts, fort von den scharfkantigen Steinen am Fuße der Klippe. Ich gewinne Zeit. Doch er wird immer noch schwerste Verletzungen davon tragen, wenn er auf dem Boden aufprallt. Luft ist schwer zu manipulieren.

Mit einem Ruck zerrte ich Rosenrot zurück. Sie muss nicht wissen, was ich mit ihm tun werde. Eigentlich habe ich das erst für den Spätherbst geplant. Doch komme was wolle, ich muss jetzt handeln. Ich streichele weiter meinen Bart und schließe wieder die Augen. In Gedanken forme ich ein Bild und fülle es mit dem Gesicht des Prinzen. Die attraktiven, jungenhaften Gesichtszüge verlängerten sich. Seine Nase wird zur Schnauze und füllt sich mit langen, scharfen Zähnen. Sein Körper streckt sich und wird breiter. Ein brauner Pelz wächst. Aus Händen und Füßen wachsen Klauen, so lang wie meine Finger. Sein gequälter Schrei füllt meinen Körper, während ich seinen Schmerz teile.

Der Prinz wird zu einem beeindruckenden Bären, aber ich kann mich nicht darüber freuen. So viele Nächte habe ich darüber nachgedacht, welches Geschöpf für ihn das Beste wäre. Ich hatte erwogen, ihn in eine Katze, eine Maus oder ein Eichhörnchen zu verwandeln. Am Ende entschied ich mich für den Bären. Damit hat er die beste Chance, zu überleben. Schließlich will ich ihm eine Lektion erteilen und ihn nicht umbringen. Sein Schmerz verblasst aus meinen Gedanken.

Ich öffne die Augen und schiele über die Abbruchkante. Rosenrot ist neben mir zu Boden gesunken und starrt ungläubig in die Tiefe. Zerrissene Jagdkleidung in den königlichen Farben liegt verteilt auf Felsen und in Spalten unter uns. Es gibt kein Zeichen des Prinzen.

„Wo ist er? Was hast du mit ihm gemacht?" Ihr Blick versucht, den meinen zu fangen, aber ich weiche ihren Augen aus.

„Ich …" Ich suche nach einem Weg, nicht zu lügen, ohne dabei die Wahrheit zu verraten. „Ich habe ihn an einen Ort geschickt, an dem er nicht sterben wird."

„Oh! Vielen, vielen Dank." Sie packt meine Schultern, zieht mich auf die Beine und umarmt mich. Ich war einer Frau noch nie so nahe, insbesondere keiner, die so wunderschön und weich ist. Sie duftet nach Rosenblüten. Mir stockt der Atem, und ich versuche mich zu befreien. Sie lässt mich los, hält aber meine Hände in den ihren.

„Er ist ein Trottel und ein Idiot, aber es hätte mir sehr Leid getan, ihn sterben zu sehen. Hoffentlich findet er den Weg zu seinen Leuten von dort, wo du ihn hingeschickt hast."

Insgeheim hoffe ich das Gegenteil. Die Verwandlung wird ihn furchtbar hungrig gemacht haben.

Rosenrot lächelt mich an, und mein Herz hüpft wie ein aufgeregter Vogel. Wie es wohl wäre, wenn mich eine wunderschöne Frau wie sie öfter so anlächeln würde? Ich presse die Lippen zusammen und schiebe den Gedanken zur Seite. Keine Frau, die bei vollem Verstand ist, würde einen Zwerg wie mich in Erwägung ziehen.

„Warum bist du nicht zu Hause?", frage ich. „Ich sagte deiner Mutter, sie solle aufpassen, dass du nicht herumziehst."

„Du solltest lieber dankbar dafür sein, dass ich weggelaufen bin. Immerhin habe ich dich gerettet." Ihr Lächeln ist bezaubernd. Eine Sehnsucht, die ich nie zuvor gespürt habe, erfüllt mein Herz. Wird es je jemanden geben, der mich lieben wird? Von meinen eigenen Gedanken abgelenkt überhöre ich ihre Worte.

„Entschuldige, könntest du das wiederholen?"

„Ich sagte, Mutter hat uns soviel von dir erzählt, aber sie hat nie deinen Namen erwähnt." Sie streckt mir die Hand entgegen. „Ich bin erfreut, deine Bekanntschaft zu machen. Wie du wohl weißt, bin ich Rosenrot. Und wie heißt du?"

Mein Unterkiefer fällt herab. Seit einem halben Jahrhundert hat mich niemand nach meinem Namen gefragt.

Im Licht der Morgensonne nahm Schneeweißchen einen Hocker und ihr Spinnrad und setzte sich auf die Bank neben den blühenden Rosen. Es war schwierig gewesen, ihre Mutter dazu zu bringen, den Sleepwelltee zu trinken, den sie für sie zubereitet hatte. Doch es war die einzige Möglichkeit gewesen, um ihre Mutter daran zu hindern, hinter Rosenrot herzulaufen. Schneeweißchen war sich hundertprozentig sicher, dass Rosenrot siegreich zurückkehren würde. Wenn *sie* den Paten nicht retten konnte, konnte es niemand.

Sie arbeitete mechanisch vor sich hin und wartete auf die Rückkehr ihrer Schwester. Dabei genoss sie die Symphonie der Vögel, die die Welt mit mehr und mehr Gesang erfüllten, je heller es wurde. Als die ersten Sonnenstrahlen über das Blätterdach lugten, kam Rosenrot fröhlich pfeifend aus dem Wald geschlendert. Über der Schulter trug sie einen Ast mit mehreren Kaninchen und Enten.

„Du hast es geschafft!" Schneeweißchen rannte zu ihrer Schwester und drückte sie so kräftig sie konnte.

„Das hatte ich doch versprochen." Rosenrot grinste. „Stell dir vor, der Name unseres Paten ist Martin."

Schneeweißchen konnte nicht anders, sie musste der Selbstgefälligkeit ihrer Schwester einen Dämpfer verpassen.

„Mutter hat sich so große Sorgen gemacht, dass ich ihr Sleepwelltee zu trinken geben musste. Die Wirkung sollte eigentlich bald nachlassen. Komm rein und erzähl, was passiert ist. Ich mache Frühstück."

Sie betraten das Haus. Mutter war tatsächlich bereits wach und begrüßte Rosenrot unter Tränen. Als sie sich beruhigt hatte, erzählte Rosenrot ihr und Schneeweißchen von ihrem Abenteuer. Schneeweißchen bewunderte sie sehr. Ein Lied klang in ihr, seit sie wusste, dass ihr Pate in Sicherheit war.

Ein paar Stunden später, die mit Tagträumen und Arbeit gefüllt waren, stopfte Schneeweißchen die Schmutzwäsche in ihren Korb.

„Ich bin am Bach, Mutter."

Adele sah von ihrer Webarbeit auf. Ihre Augen wirkten immer noch besorgt.

„Bleib bitte im Schutz der Rosen."

Schneeweißchen lächelte nur und verließ das Haus. Schweiß und Dreck aus der Wäsche zu spülen wirkte beruhigend auf sie. *Martin*, dachte Schneeweißchen. *Was für ein wunderbarer Name. Ich wünschte, ich wäre diejenige gewesen, die ihm das Leben gerettet hat. Dann hätte ich wahrscheinlich eine Gelegenheit gehabt, ihm zu sagen, wie sehr ich ihn bewundere.* Beim Waschen träumte sie vor sich hin.

Ich entdecke den Bären, als er die Reste eines Tieres verschlingt, das vor längerer Zeit von Wölfen getötet worden ist. Außer Haut und Knochen ist nicht mehr viel übrig. Aber es würde genug sein, seinen ersten Hunger zu mildern. Danach würde er sicherlich ein wenig schlafen. Ich entscheide mich dafür, das Gespräch mit ihm auf den Nachmittag zu verschieben und kehre nach Hause zurück. Dort versuche ich vergeblich zu schlafen. Die Erinnerung an einen weichen Busen, der gegen meine Brust drückt, hält mich wach und weckt Sehnsüchte, die ich nicht haben sollte. Bisher brauchte ich keine andern Menschen. Warum jetzt? Ich erinnere mich an den süßen Duft ihrer Haare. Beim Gedanken an ihr Lächeln laufen warme Schauer über meinen Rücken. Ich stehe auf, verlasse mein Heim und springe in einen der größeren Flüsse im Wald. Das eisige Wasser vertreibt die ungewollten Gefühle, aber nicht die Erinnerungen. Ich muss mit jemandem reden – mit jemandem der mich nicht wegen meiner zu kurzen Figur verachtet … mit einem Freund. Ich erinnere mich an Adeles Worte, bin mir aber nicht sicher, ob ich ausgerechnet mit ihr reden sollte. Schließlich ist Rosenrot ihre Tochter.

Ziellos wandere ich durch den Wald. Die Jäger sind noch da. Sie trauen sich nicht, ohne den Prinzen zurückzukehren. Ich werfe ein totes, abgehäutetes Kaninchen von der Klippe, an der sie ihn zuletzt gesehen haben. Es zerschellt auf den Felsen und bespritzt alles mit Blut und ekligem Zeug. Ohne dass sie mich sehen, führe ich sie zu den Kleidungsfetzen, die praktischerweise zwischen den gleichen Felsen verstreut liegen. Sie heulen und zittern, aber sie sammeln die Beweise für den Tod des Prinzen ein und verschwinden.

Der Wald wird wieder ruhig, aber mein Bedürfnis, mit jemandem zu reden, ist nicht kleiner geworden. Also spreche ich mit den Bäumen und den Mäusen und mit einem Reh. Doch obwohl sie mich als Teil ihres Lebensraums wahrnehmen, sind sie nicht besonders gesprächig. Ich muss mit einem Menschen reden.

Erstaunt sehe ich auf. Meine Füße haben mich zu dem Bach in der Nähe der Höhle der Frauen getragen. Schneeweißchen sitzt dort und wäscht einen Rock, den ich als Rosenrots erkenne. Sie murmelt vor sich hin. Sie ist sogar noch hübscher als ihre Schwester. Ihre Hände, rau von der harten Arbeit, die sie ihr ganzes Leben lang machen musste, ähneln kleinen, flatternden Vögeln. Ihr Gesicht ist das eines Engels. Ich hocke mich hin und beobachte sie.

Schneeweißchen erinnerte sich an die Geschichten, die ihnen ihre Mutter über Martin erzählt hatte. Sie liebte sie jetzt noch mehr, wo sie endlich einen Namen für ihren Freund hatte. Ihr Herz sehnte sich so sehr danach, ihn kennenzulernen.

„Wir schulden ihm so viel." Sie sprach ihre Gedanken oft in die Natur um sie herum. Bisher hatte es niemanden gestört.

„Wem schuldet ihr viel?" Die Stimme war leise und freundlich, aber Schneeweißchen zuckte zurück, als hätte ihr das Wasser die Finger verbrüht. Ihr Blick huschte umher, bis sie die kleine Gestalt am anderen Ufer des Baches entdeckte. Als sie Martin erkannte, entspannte sie sich. Er sah genauso aus wie in all ihren Visionen.

„Dir natürlich." Sie winkte ihm, auf ihre Seite zu kommen.

„Ihr schuldet mir gar nichts." Er watete durch das Wasser und setzte sich auf einen Stein. „Wenn mir jemand etwas schuldet, ist es der König."

Schneeweißchen sah ihn an, und ein seltsam weiches Gefühl erfüllte sie. Er wirkte so traurig und unglücklich, und gleichzeitig so stark und kompetent. Freilich würde sie seine Traurigkeit niemals leichter machen können, aber sie konnte ihm wenigstens zuhören.

„Willst du mir davon erzählen?"

Zu ihrer Überraschung tat er das.

„Als ich von daheim fortlief, fand ich Arbeit in den Abwasserkanälen. Es gibt eben einige Dinge, die eine untergroße Person besser tun kann, als ein ausgewachsener Mann. Es war keine besonders angenehme Arbeit, aber sie wurde gut bezahlt, und ich musste essen. Dann, eines Nachts, vielleicht fünf Jahre nach meiner Flucht, kehrte ich aus den Kanälen zurück und stolperte gegen den König – den Vater des jetzigen Königs. Er liebte es, nachts durch die Straßen der Hauptstadt zu schlendern und seine Untertanen zu belauschen. Manchmal legte er Geldstücke auf Fensterbretter oder Lebensmittel auf Türschwellen. Er war ein viel besserer König als der, den wir jetzt haben, obwohl er viel zu viel Geld ausgab. Aber das gehört nicht zur Sache. Jedenfalls erkannte er mich und packte meinen Arm."

„Er kannte dich?" Schneeweißchen saugte ihre Unterlippe ein. War Martin wirklich rot geworden?

„Lass uns sagen, wir hatten uns einige Male getroffen." Er sah sie nicht an. „Er wollte mich nach Hause bringen und bestand darauf, dass die Arbeit in den Abwasserkanälen nichts für mich sei. Ich wusste, dass er Recht hatte, zumindest zum Teil. Ich hasste die Abwasserkanäle. Trotzdem weigerte ich mich, aber nicht besonders stark. Wir hatten eben die königlichen Gärten erreicht, als der Kronprinz aus den Büschen trat. Wie groß er geworden war, seit ich ihn das letzte Mal gesehen hatte.

‚So spät noch aus, Vater?' sagte er. ‚Wie ich sehe, hast du noch einen Mund zum Füttern mitgebracht. Schämst du dich nicht?'

Dann sah mich der Prinz genauer an. Sein Gesichtsausdruck veränderte sich. Die spöttisch gehobenen Augenbrauen zogen sich zusammen, und die Lippen wurden schmal. Er erinnerte sich besser an mich, als ich gedacht hätte.

‚Du! Du bist hier nicht willkommen.'

Er war erst achtzehn, aber selbstverständlich war er viel stärker als ich. Und er hatte ein Schwert. Ich erinnere mich nicht daran, wie ich der Waffe auswich; vielleicht schubste mich der König aus dem Weg. Jedenfalls schnitt die Klinge tief in seine linke Seite. Ich erinnere mich an das Blut, das der alte König spuckte. Der Prinz rief nach den Wachen und schimpfte mich einen Mörder, während mich der sterbende König anflehte wegzulaufen. Ich versteckte mich im Wald." Martin starrte auf seine Hände und spielte mit seinem Bart. „In dem Moment, in dem ich unter das grüne Blätterdach trat, passierte das Merkwürdigste überhaupt. Mir wuchs ein Bart. Du kannst dir nicht vorstellen, was für ein merkwürdiges Gefühl es ist, wenn ein so langer Bart in ein paar Herzschlägen wächst."

„Es hat dich vermutlich sehr erschreckt. Ich wäre wahrscheinlich vor Angst gestorben." Schneeweißchen streckte die Hand aus, um seine Wange zu streicheln, zog sie aber schnell zurück, erschrocken über die eigene Dreistigkeit. „Da der Bart offensichtlich durch Magie wuchs, frage ich mich, ob er mehr als dein Aussehen verändert hat."

Martin sah sie voll Bewunderung an. War er überrascht, dass sie hinter dem Erscheinen des Bartes mehr vermutete?

„Nun ja, ich hörte an dem Tag auf zu altern. Mein Körper ist noch immer zwanzig Jahre alt, obwohl ich beinahe ein halbes Jahrhundert lang zugesehen habe, wie das Königreich verkommt." Er lächelte schief, aber immerhin war es ein Lächeln. „Und der Bart hat eindeutig vor zu bleiben. So oft ich es auch versucht habe, ich kann ihn nicht abschneiden."

„Du bist ein sehr guter Gesprächspartner", sagte Schneeweißchen. „Besuchst du mich öfter? Ich würde mich darüber freuen."

Sein nächstes Lächeln erhellte sein ganzes Wesen.

„Ich denke darüber nach", sagte er zögernd, aber seine Stimme zitterte vor Freude.

Der König stapfte in dem leeren Thronsaal auf und ab. Er hatte sie alle fortgeschickt. Adlige, Wachen, Diener, alle suchten seinen Sohn. Wie konnten es diese Idioten wagen, ohne seinen einzigen Erben zurückzukehren? Der Knabe war noch nie ohne Begleitung außerhalb des Schlosses unterwegs gewesen, und nun war er schon seit drei Tagen verschwunden. Was, wenn er von Wölfen zerrissen wurde oder von einem Bären? Es gab noch Bären im Wald. Da war er sich sicher. Bären und ... ihn.

Hätte er den Zwerg bloß nicht entkommen lassen in jener Nacht, als sein Vater starb. Aber der Bastard war so stinkend und klein gewesen, dass es nicht gewagt hatte, ihn anzufassen. Er hatte ja nicht wissen können, wie viel Ärger ihm dieser Zwerg machen würde. Er hatte schon die Hälfte aller Untertanen entführt und ins Nachbarkönigreich geschmuggelt. Nun ja, wenn die so genannten Freunde seines Sohnes ihn nicht bei Anbruch der Dämmerung zurückbrachten, würden sie lernen, in den Minen zu arbeiten, als wären sie dafür geboren worden.

Er stürmte zum Fenster und starrte zum wiederholten Mal auf den Wald. Es war kein Banner oder Wimpel in Sicht, der ihm sagte, dass sein Sohn gefunden worden war. Dabei hing die Sonne schon dicht über dem Horizont. Er knirschte mit den Zähnen. Nun gut. Eine Option hatte er noch. Er spitzte die Lippen und pfiff, schrill und unmelodiös.

Eine Fee in einem grünen Kleid erschien an seiner Seite und schwebte eben außerhalb seiner Reichweite. Sie war nahezu so groß wie er. Schatten tanzten unter ihren Augen, ihre Schultern hingen herab, und ihre Haut hatte einen krankhaft grünen Ton.

„Wofür brauchst du mich diesmal?" Die Stimme der Frau klang hohl und müde.

„Sprich mich gefälligst meinem Rang entsprechend an." Der König machte sich nicht die Mühe, sie anzusehen.

„Ja, Hoheit. Was kann ich heute für Euch tun?" Die Fee legte die Handflächen aneinander und verbeugte sich steif. Der König lächelte.

„Ich will mich in einen Greifvogel verwandeln können, der groß genug ist, einen erwachsenen Mann zu tragen. Und ich muss den Zauber rückgängig machen können, wann immer ich will."

„Das ist lächerlich", schimpfte die Fee. „Hast du die Bedingungen unserer Abmachung vergessen? Ich werde dir nicht helfen, deine Untertanen zu belästigen."

„Die Narren, die mit meinem Sohn jagen waren, haben ihn im Wald verloren. Ohne ihn ist das Königreich ruiniert. Ich muss ihn finden." Der König trat einen Schritt auf die Fee zu, und seine Augen glänzten wütend. „Oder versuchst du etwa, aus unserem Vertrag zu entkommen?"

Die Fee seufzte.

„Ich hätte mich nie darauf einlassen dürfen, deinen Taufwunsch zu verschieben." Sie wischte sich ein paar Tränen ab. „Dein Wunsch sei dir gewährt. Doch deine Kraft wird dich verlassen, falls du irgendjemand anderes fort tragen willst, als deinen Sohn."

„Was ist, wenn er entführt wurde?"

Also gut, dein Sohn und jeder, der ihm Böses getan hat." Die Fee löste sich in Luft auf.

„So ist es schon besser." Der König kletterte auf das breite Fensterbrett. Die Sonne ging eben unter, und keiner der Männer, die er ausgeschickt hatte, war zurück. Er würde jetzt sein neues Talent ausprobieren, um zu sehen wie es ging. Morgen früh würde er ernsthaft nach seinem Sohn suchen. Trotz seines vollen Terminkalenders sollte er in der Lage sein, zwei bis drei Mal am Tag für ein halbes Stündchen zu fliegen. Er würde auf keinen Fall aufgeben, bevor er seinen Sohn zurück hatte, auch wenn es Jahre dauern würde.

Auf dem Weg zurück zu meiner bescheidenen Unterkunft vergesse ich den Bären. Mein Herz klopft im Rhythmus des Lieds in meiner Seele und macht mich der Welt gegenüber blind.

> Schneeweißchen
> fröhlich und klug
> die schönste Frau
> das ist mir genug

Ich schnaube und unterdrücke ein Kichern. Wie kommt mein Gehirn nur zu so einem albernen Vers? Verliere ich den Verstand? Aber ich weiß die Antwort. Ich weiß auch, dass, ganz egal was ich fühle, Schneeweißchen niemals dasselbe fühlen wird. Wie sollte sie auch, wo ich so viel kleiner bin als sie. Seltsamerweise vermindert das nicht die Wärme, die durch meinen Körper wallt. Ich bin so in Gedanken versunken, dass ich beinahe über den Bär falle. Er sitzt in der Mitte eines wenig benutzten Pfads zu meiner Wohnung und brummt, als ich gegen ihn stolpere.

„Das hättest du nicht getan, wenn ich noch ein Prinz wäre." Er knurrt.

„Als Bär bist du viel Furcht einflößender, als du es als Prinz je warst." Ich mache ein paar vorsichtige Schritte rückwärts, die Hand an meinem Bart, nur für alle Fälle.

Die rot geräderten Augen des Bären starren mich an.

„Du kannst mich verstehen?"

Ich zucke mit den Schultern.

„Ich verstehe alle Tiere." Es gibt keinen Grund, ihm zu sagen, dass ich die einzige Person bin, die das kann.

„Du kommst mir unglaublich bekannt vor."

Ich zucke erneut mit den Schultern.

„Zuletzt sahen wir uns, als ich von einem Ast herabhing", sage ich, um ihn abzulenken. „Ich habe dich in einen Bären verwandelt. Kein Wunder, dass du dich an mich erinnerst."

Der Bär brüllt, und ich ducke mich hinter einen Baum. Seine Klauen zerreißen die Borke, als wäre sie Papier.

„Verwandle mich zurück."

„Auf keinen Fall."

„Aber warum? Ich kenne dich gar nicht. Was habe ich denn getan, um das zu verdienen?" Er plumpst auf seine Hinterbacken, seine Schultern sinken herab, und er fängt an zu schniefen wie ein unglückliches Kind.

„Du hast mich gejagt, als sei ich ein Tier."

Große, menschliche Tränen rollen die Schnauze des Bären hinunter. Ich sehe voll Verachtung zu. Irgendwie glaube ich, dass er nicht der Mann ist, für den ich ihn gehalten habe. Ist es möglich, dass er so verwöhnt ist, dass er mit einer Strafe nicht fertig wird? Ich beuge mich vor und starre in seine feuchten Augen. Ich finde kein Verständnis in ihnen.

„Komm mit mir." Ich führe ihn. Zweimal verstecken wir uns vor einem Adler, der so groß ist wie ein Ochse. So einen riesigen Raubvogel habe ich noch nie gesehen. Deshalb bleiben wir sicherheitshalber außer Sicht.

Eine Stunde später erreichen wir den Waldrand oberhalb der königlichen Minen. Es ist Schichtwechsel. Hohlwangige Männer und Kinder schlurfen aus der dunklen Wunde in der Seite des Bergs. Andere schlurfen hinein. Die, die heraus kommen, sehen genauso müde aus wie die, die hinein gehen. Mein Herz weint um sie. Ich knie mich hin und schicke meine Kräfte in den Boden. Überall in den Tunneln der Mine schließen neue Pilze aus dem Boden – nahrhaft, lecker und den erschöpften

Arbeitern sehr willkommen. Ich wende meine Aufmerksamkeit wieder dem prinzlichen Bären zu.

„Auf Anordnung deines Vaters werden Familien aus ihren Häusern vertrieben. Ihr habt Männer und Kinder in die Minen getrieben. Menschen mehrerer Dörfer schuften hier. Glaubst du, sie mögen es?"

Mit großen Augen starrt er die verhungert wirkenden Arbeiter an. Vielleicht ist da ein erster Funken von Begreifen in seinen Augen. Ich führe ihn weiter bis dahin, wo der Wald in der Nähe eines geplünderten Dorfs an das Farmland grenzt. Zu viele Felder liegen brach, sind bedeckt mit Unkraut und Brombeeren. Die wenigen, die noch beackert werden, sind klein. Die Ernten fallen immer magerer aus.

„Ihr habt Familien auseinander gerissen. Wegen euch müssen Frauen die Felder bestellen, eine Arbeit mit der sie nicht vertraut sind und die viele überfordert. Alle in diesem Königreich hungern – bis auf dich und deinen Vater."

„Warum kaufen sie sich nichts zu essen?" Die Stimme des Bären klingt bockig.

„Wo sollen sie das Geld hernehmen? Die Minenarbeiter werden nicht bezahlt, da sie der König als Sklaven ansieht. Und die Frauen, die die Felder bestellen, haben keine Überschüsse zum Verkaufen."

Der Bär schüttelt den Kopf.

„Du kannst mich nicht für die Fehler meines Vaters verantwortlich machen. Ich habe nur getan, was er mir gesagt hat."

Ich streiche über meinen Bart.

„Ich mache dich dafür verantwortlich, dass du die Nöte derer, denen du wehgetan hast, nicht sehen wolltest. Als der zukünftige König dieser Untertanen hätte es dein vorrangigstes Ziel sein müssen, ihre Leben weniger beschwerlich zu machen."

Funken fliegen aus meinem Bart, als ich ihn an den Wald kette. Er wird nicht in der Lage sein, ihn zu verlassen, bis er sein Fell verloren hat. Und das ist in absehbarer Zeit nicht besonders wahrscheinlich.

„Und nun beschaffe dir lieber etwas Nahrung. Der Winter kommt schneller als du denkst." Ich zaubere mich fort. Es fühlt sich an, als würde ich auseinander gerissen. Aber wenn es bei ihm den Eindruck hinterlässt, ich sei allmächtig, ist es den Schmerz wert. Bald werde ich ihm beibringen müssen, wie er mit seinem neuen Körper jagen kann. Denn wenn er zu dumm zum Lernen ist, muss ich Futter für ihn beschaffen. Darauf freue ich mich nicht gerade.

Der Bär versuchte nur ein einziges Mal, den Wald zu verlassen. Sein Pelz brannte, als stünde er in Flammen. So schnell er konnte, kehrte er in das schattige Unterholz zurück. Sein Magen knurrte. Zuhause hätte er einen Diener gerufen, aber hier? Woher sollte er wissen, welche Pflanzen essbar waren und welche giftig? Er knirschte mit den Zähnen; ein furchtbarer Laut in der Stille der Nacht. Als er nichts fand, was auch nur entfernt essbar aussah, rollte er sich in einer kleinen Vertiefung zischen den Wurzeln eines riesigen Baums zusammen und schlief.

Der Geruch von Blut weckte ihn. Er folgte seiner Nase zu einer Lichtung, wo ein zartes, junges Mädchen ein totes Reh ausweidete. Der Bär leckte seine Nase und schlenderte vorwärts. Fleisch war essbar. Gekocht wäre es wahrscheinlich besser, aber er wäre auch mit rohem Fleisch zufrieden.

„Darf ich an Eurem Festmahl teilnehmen?", fragte er.

Mit einem Schrei sprang das Mädchen auf, schnappte ihren Bogen und zielte mit einem Pfeil auf ihn. Die Spitze zitterte leicht.

„Ich werde Euch nicht wehtun." Er legte sich hin, um seine Worte zu unterstreichen. Das Mädchen kam ihm bekannt vor, aber wusste nicht genau woher. Sie ließ den Bogen sinken, legte ihn aber nicht zur Seite.

„Ein zahmer Bär?", wunderte sie sich.

„Ich hatte nicht vor, Euch zu erschrecken." Der Bär versuchte, schuldig auszusehen.

„Hör auf zu knurren. Das geht mir durch Mark und Bein." Das Mädchen trat einen Schritt zurück. „Ich gehe mal davon aus, dass du hungrig bist. Richtig?"

Dem Bären schwante etwas. Sie schien die Worte, die er sagte, nicht zu verstehen. Für sie war er nichts als ein hungriger Bär – kein Prinz. Es war unglaublich, dass sie nicht längst fort gerannt war. Um ihre Frage zu beantworten, nickte er.

Das Mädchen legte den Kopf auf die Seite.

„Verstehst du, was ich sage?"

Der Bär nickte erneut. Er hätte gern gesprochen, wollte aber nicht riskieren, dass sie flüchtete.

„Wenn das so ist, kannst du das da gerne haben." Sie zeigte auf die Innereien.

Ihre Hand! Jetzt erinnerte sich der Bär. Das Mädchen hatte versucht, ihn von der Kante der Klippen weg zu zerren. Dort hatte er dieses fein geschnittene Gesicht schon einmal gesehen. Er trat auf die Innereien zu, und der Duft der jungen Frau stieg ihm die Nase. Sie roch nach blühenden Rosen, was ihn nicht wunderte. Der Duft passte hervorragend zu ihr. Doch das metallische Aroma von Blut und Fleisch übertönte ihren Blumenduft, und dem Bären lief das Wasser im Mund zusammen. Er begann zu fressen. Die Geschmacksnerven eines Bären schienen andere Sachen appetitlich zu finden, als die eines Menschen, denn er ekelte sich nicht einmal vor dem Pansen. Als er fertig war, hatte er immer noch Hunger, aber es war nicht mehr so schlimm wie vorher. Er leckte sich das Fell sauber und beobachtete, wie die junge Frau das Reh für den Transport vorbereitete. Sie band die Beine des toten Tiers zusammen und hängte es an eine Stange, die sie über die Schulter legen konnte.

„Tschüss, Bär", sagte sie und ging.

Bär. Der Name war so gut wie jeder andere, wenn man es bedachte. Er mochte ihn. Außerdem mochte er das Mädchen auch, also beeilte er sich, um sie einzuholen.

Sie blieb stehen.

„Du kannst nicht mit mir kommen. Mutter und Schneeweißchen würden vor Angst sterben."

Er legte den Kopf schief und maunzte. Er wollte so gerne bei seiner neu gefundenen Freundin bleiben, aber sie blieb unerbittlich.

„Du gehörst in den Wald. Ich nicht. Wenn du dich benimmst, komme ich morgen zurück und bringe dir etwas Schönes mit."

Sein breites Hinterteil plumpste auf den Boden, und er sah ihr nach. In der Ferne zog ein Adler seine Kreise. Zweimal drehte sich die junge Frau um und winkte, bevor sie zügig nach Hause marschierte. Sein Herz ging mit ihr. Mitgefühl, die Wärme eines Feuers, sprechende und lachende Menschen – er vermisste sie mehr, als er je für möglich gehalten hatte. Außerdem war die Kleine wunderhübsch, viel anmutiger als alle Prinzessinnen, die ihm je vorgestellt worden waren. Ein winziger Hoffnungsschimmer tröstete ihn. Vielleicht würde sie ihr Wort halten. Er würde herausfinden müssen, wo er mehr zu fressen finden konnte, damit er bei ihrem nächsten Treffen weniger hungrig wäre.

Er suchte den Wald nach Essbarem ab und beobachtete andere Tiere, um herauszufinden, was ungefährlich war. Sein Hunger wurde immer größer, und sein Magen knurrte. Wenn es nur etwas gäbe, was er fressen konnte. Irgendetwas. Er würde auch Reste fressen.

Auf einer Lichtung in der Nähe des Flusses, fand er den Zwerg mit einem Korb voll Früchten und einem großen Berg Fische.

„Bitteschön", sagte er zu Bär.

„Warum tust du das für mich?"

„Die Verwandlung hat dir nicht die Instinkte eines Bären gegeben, wie ich gehofft hatte. Ich möchte, dass du etwas lernst, nicht dass du verhungerst." Ohne weitere Worte verschwand er.

Bär stopfte sich voll. Nüsse, Beeren und Fische rutschten seine Kehle hinunter und machten den Hunger erträglich.

Ein erschreckter Aufschrei brachte ihn dazu, sich umzudrehen. Ein vielleicht achtjähriges Mädchen stand neben einem Baum und wagte kaum zu atmen. Ein kleiner Junge klammerte sich an ihre dreckige Schürze. Mit großen Augen starrten die Kinder den Bären an, aber immer wieder wanderte ihr Blick zu den beiden Fischen, die noch auf dem Boden lagen. Sein Magen knurrte immer noch. Die Fische würden ihn nicht satt machen. Aber ...

Er sah die Kinder wieder an. Sie zitterten vor Angst. Ihre ausgemergelten Gesichter sprachen von einem Hunger, der stärker war als alles, was er bisher erlebt hatte. Er schubste den Fisch in ihre Richtung und trat einen Schritt zurück. Der Mund des Mädchens klappte auf, aber sie bewegte sich nicht. Bär trat noch einen Schritt zurück und legte sich hin. Der Junge sah zu seiner Schwester auf, rannte dann vorwärts und schnappte sich einen Fisch. Als Bär sich nicht bewegte, trat das Mädchen näher und hob den zweiten Fisch auf.

„Danke", sagte sie. Die Kinder rannten mit seiner Mahlzeit weg. Aber das Glück auf ihren Gesichtern sättigte einen Teil seiner Seele, von dem er nicht einmal gewusst hatte, dass er hungerte.

Rosenrot kehrte pfeifend nach Hause zurück.

„Ich habe einen neuen Freund." Sie erzählte ihrer Mutter und Schwester alles über Bär. Ihre Mutter regte sich – mal wieder – auf, besorgt, dass das Tier sie hätte verletzen können. Aber Rosenrot gelang es, sie zu beruhigen.

Am nächsten Tag kehrte sie zu dem Ort zurück, wo sie Bär verlassen hatte. Bei sich trug sie einen Korb mit Blaubeeren.

Schließlich hatte sie ihm etwas Schönes versprochen. Trotz allem überraschte es sie, ihn wartend zu finden. Er grinste wie ein Mensch und aß die Beeren so anmutig, als wäre er ein Adeliger und kein Tier. Irgendjemand musste dem Bären Manieren beigebracht haben. Sie verbrachten den Nachmittag zusammen. Zu ihrer Überraschung genoss Rosenrot seine Gesellschaft.

In den nächsten Tagen und Wochen wurden sie gute Freunde. Rosenrot versorgte Bär mit Fleisch, und er zeigte ihr die besten Plätze, um Beeren zu sammeln oder Honig zu stehlen. Sie erzählte ihm Geschichten über ihre Kindheit. Er erlaubte ihr, auf seinem Rücken zu reiten oder seinen Bauch als Kissen zu benutzen. Sie verstecken sich gemeinsam, wenn der riesige Adler in Sicht kam. Instinktiv fürchteten sie sich vor dem ungewöhnlich großen Vogel.

Jeden Tag ging Bär zum Waldrand und sah beim Schichtwechsel der Minenarbeiter zu. Jeden Tag begleitete ihn Rosenrot. Irgendetwas machte ihm Sorgen, aber sie wusste nicht was.

Morgens fand sie ihn oft beim Fressen. Einmal war sie früh genug, um zu sehen, wie Martin Früchte und Fische vor Bär auftürmte.

„Du bist zu dünn. Der Winter kommt schneller als du denkst. Wenn du nicht mehr frisst, wirst du verhungern." Er lehrte einen zweiten Korb mit Fischen. „Ich hatte nie vor, dich zu töten. Du solltest nur einmal ohne Luxus leben."

Bär fraß, und Rosenrot wartete, bis Martin gegangen war, bevor sie zu ihm trat. Sie stemmte die Hände in die Hüften.

„Ich wusste, dass mehr an dir ist, als man auf den ersten Blick sieht. Also, mein Pate bringt dir Fressen, weil er dir eine Lektion erteilen will. Ist es möglich, dass du gar kein Bär bist?"

Bär zwinkerte ihr zu. Dann bedeutete er ihr, sie solle den Rest Fisch zusammenpacken. Überrascht bemerkte Rosenrot, dass er nur wenig gefressen hatte. Sie packte die Reste in ihre Tasche und folgte Bär zum Waldrand. Eine Frau mit zwei kleinen Kindern versuchte verzweifelt, eine schwere Karre ins nächste Dorf zu ziehen. Bär stupste Rosenrot an. Sie sah ihn an, dann die kleine Familie.

„Ich soll ihnen den Fisch geben?"

Bär nickte. Rosenrot rannte los, ließ den Inhalt Ihrer Tasche in den Karren der Frau fallen und kehrte zu Bär zurück, bevor die verwirrte Familie ein einziges Wort sagen konnte. Von dem Tag an brachten sie immer das Essen, dass Martin besorgte, zu den hungernden Menschen. Mehr als einmal mussten sie sich vor den Patrouillen des Königs verstecken. Einmal musste Bär Rosenrot retten. Er sprang aus den Büschen und grollte die Soldaten an, die in Panik davon rannten. Als Rosenrot die nassen Flecken in ihren Hosen sah, lachte sie, bis ihr die Tränen kamen. Aber sie wusste, dass die Soldaten zurückkehren würden. Das nächste Mal würden sie sich nicht so leicht erschrecken lassen. Sie und Bär wurden noch vorsichtiger.

Langsam neigte sich der Sommer dem Ende entgegen, und sie hatten weniger Zeit, um miteinander durch den Wald zu streifen. Die Mädchen mussten ernten. Dabei war Bär eine unschätzbare Hilfe. Er trug die schweren Körbe mit Äpfeln, Birnen, Kirschen und Nüssen, die Bündel mit essbaren Wurzeln und das Holz, das sie brauchten, um den ganzen Winter ein Feuer zu unterhalten. Mit seiner Hilfe füllten sich die Wintervorräte schneller, als es die Mädchen für möglich gehalten hätten.

„Lasst uns Fischen gehen", Rosenrots Atem kondensierte in der kalten Morgenluft. „Die Lachse sind seit einiger Zeit unterwegs. Vielleicht erwischen wir einen Nachzügler."

Schneeweißchen und Bär folgten ihr zum größten Fluss im Wald. Wenn die Lachse zurückkehrten, schwammen sie stets sein breites Flussbett hinauf. Die Blätter der Bäume flammten Rot und Gold, als wollen sie Rosenrot und Bär daran erinnern, dass sie nicht für immer ohne Blätter sein würden. Als sie dem Ufer näher kamen, hörten sie jemanden fluchen.

Martin stand knietief im Wasser und ruderte mit den Armen. Rosenrot runzelte verwundert die Stirn, aber Schneeweißchen verstand sein Problem sofort.

„Sein Bart hat sich in der Angelschnur verfangen." Sie rutschte den Hang hinab und klatschte ins Wasser. Rosenrot und Bär folgten ihr vorsichtiger. Sie trafen sich am Ufer, wo Schneeweißchen den mit Schlamm verschmierten Mann absetzte.

Bär knurrte. Rosenrot legte ihm die Hand auf den Rücken, um ihn zu beruhigen, aber Martin warf Bär nur einen genervten Blick zu.

„Ich wollte ein paar Fische fangen. Du musst vor dem Winter fetter werden. Hat sich nie jemand die Mühe gemacht, dir etwas über die Natur beizubringen?"

„Du kannst mit Bär reden?" Rosenrot sah von ihrem Freund zu Martin und zurück. „Kannst du mir das beibringen?"

Martin ignorierte sie. Bär knurrte wieder und setzte sich hin.

„Ich weiß, dass mein Bart verheddert ist. Ich bin nicht blind." Martin versuchte, die Strähnen aus der verknoteten Angelschnur zu lösen. Schneeweißchen legte ihre Hand auf seine.

„Lass uns das tun. Unsere Finger passen besser zu so einer Aufgabe."

Martin seufzte, ließ die Hände sinken und erlaubte den Mädchen, das Durcheinander zu entwirren.

„Ich möchte lernen, mit Bär zu sprechen", sagte Rosenrot nachdrücklich.

„Selbst wenn ich es wollte, es ist nichts, was man lehren kann. Ich kann es einfach. Ich verstehe alle Tiere – und auch die Bäume, falls es dich interessiert." Martin starrte Rosenrot finster an.

Um den Anflug von Neid zu verbergen, neigte sie den Kopf und konzentrierte sich auf ihre Aufgabe. Es dauerte nicht lange, bis sie die meisten braunen Haare befreit hatten. Nur das untere Drittel blieb hoffnungslos verheddert. Sie versuchten es immer wieder, aber das Gewirr wollte sich nicht auflösen. Schließlich seufzte Rosenrot.

„Jetzt reicht's." Sie zog ihr Jagdmesser hervor und schnitt den Bart knapp über dem wirren Knoten ab.

Ich starre Rosenrot an wie ein Idiot. Sie hat meinen Bart abgeschnitten. Wie ist das möglich? Ich habe es so oft erfolglos versucht. Bevor ich etwas sagen kann, wirbelt die Welt um mich herum. Ich spüre, wie Magie aus meinem Körper fließt, als würde sie von einer unbekannten Kraft angesaugt. Gleichzeitig fühle ich mich, als würde ich fliegen. Mit dem Wind unter meinen ausgebreiteten Flügeln suche ich nach etwas Wichtigem. Ich schreie – Worte, Beleidigungen, irgendwas. Aber ich bin nicht ich selbst; jemand anders ist in meinen Gedanken mit mir. Ein Fremder, den ich irgendwie kenne. Seine Beleidigungen verlassen meinen Mund, doch sein Hass ist nicht gegen die Mädchen gerichtet. Ich bin sein Ziel. Mein Herz rast. Blut rauscht in meinen Ohren, und Schweiß klebt mir am Körper. In panischer Angst kämpfe ich darum, meine Gedanken von denen des Fremden zu trennen. Blauer Himmel, Schmerzen, mein Bart, der Bär … alles wirbelt in einem gewaltigen Strudel herum. Der Fremde kreischt wie ein Habicht, doch ich weiß, dass er, wie ich, ein Mensch ist. Ich schlage um mich und greife an, aber mein Messer trifft nur weiches, braunes Fell. Für den Bruchteil einer Sekunde sehe ich klar. Hätte der Prinz meine Klinge nicht mit seiner Schulter abgefangen, hätte ich in meiner Wut vielleicht die Mädchen verletzt. Er steht zwischen ihnen und mir und knurrt. Ich spüre, wie der Fremde meine Gedanken verlässt, als Bärs Pranke auf meinen Kopf zuschießt. Meine Welt wird schwarz, bevor er mich trifft.

Der König im Körper des Adlers kämpfte darum, nicht abzustürzen. Dieser Abschaum hatte ihn angegriffen! Er war in seine Gedanken eingedrungen und hatte sie verwirrt. Wie konnte er es wagen? Und wie war ihm das gelungen? Beinahe hätte er Erfolg gehabt. Der König landete auf einem Felsüberhang des Berges, der von seinen Mienen durchzogen war und sah sich um. Die Augen eines Vogels waren so viel besser als die eines Menschen. Das nächste Mal würde er die Fee dazu bringen, seine normalen Augen in Adleraugen zu verwandeln.

Ein paar Mäuse flitzen durch das Gras am Fuße des Berges, und ein Eichhörnchen rannte einen Baumstamm hinauf, um einem jagenden Fuchs zu entgehen. Der Kopf des Königs schoss herum. Er suchte etwas anderes. Mit diesem Angriff hatte sein Feind den größtmöglichen Fehler gemacht. Er hatte ihm gezeigt, wo er war. Durch die Augen seines Feindes hatte er die fröhlich rauschenden Stromschnellen eines Flusses gesehen. Alles, was der König tun musste, war die Stelle wiederzufinden, herabzustoßen und zu töten. Er würde seinen Sohn zurückbekommen, und alles würde gut werden.

Dort. Etwas blitzte in der Ferne. Das musste die Oberfläche des Flusses sein, der sich durch den Wald schlängelte. Er öffnete die Schwingen und ließ sich von der Luftströmung auf das glänzende Band zu tragen. Vorfreude ließ sein Blut wallen. Er kreischte seinen kommenden Triumph in die Luft, während er auf sein Ziel zu schoss.

Ich treibe in der Schwärze, tauche auf und ab, und Schneeweißchens süßes Gesicht ist immer da. Ich schmecke ihren Namen auf meinen Lippen und lächle.

„Hier bin ich", sagt sie. „Ich werde nicht gehen."

Ihre Hände haben Schwielen, sind aber weicher als das Federbett unter dem ich liege. Ich zwinge meine Augen, scharf zu sehen, aber es kostet mich mehr Kraft als ich im Augenblick habe.

„Er kommt." Meine Stimme ist so leise; ich staune, dass sie mich hört.

„Wir sind gut vorbereitet. Der Schuppen ist randvoll mit Lebensmitteln, und wir haben Holz an der ganzen vorderen

Wand der Höhle gestapelt." Ihr Lächeln soll mich beruhigen, aber das tut es nicht. Ich habe nicht den Winter gemeint. Erneut versuche ich es.

„Der Vogel." Warum ist es so schwer, zu atmen? „Der Vogel will mich töten." Ich schließe meine Augen. Als ich schon fast wieder in der Schwärze versinke, taucht ein letzter Gedanke auf.

„Finde die Fee. Sie kann helfen." Ich versinke und bin nicht einmal sicher, ob sie mich gehört hat.

Schneeweißchen saß auf dem Rand ihres Bettes, die Augen wund von ungeweinten Tränen. Martin wälzte sich hin und her und stöhnte, was ihr das Herz zerriss. Es wäre so unfair, wenn sie ihn verlieren würde, wo sie doch gerade erst Freunde geworden waren. Würde sie nie eine Gelegenheit bekommen, ihm ihre Gefühle zu zeigen?

„Ich habe Bärs Wunde versorgt. Es war ein glatter Schnitt. Das sollte ohne Probleme heilen." Rosenrot ließ sich auf einem Hocker neben ihr nieder. „Wie geht's Martin? Ist er schon aufgewacht?"

„Er glaubt, dass ihn ein Vogel töten will und möchte eine Fee um Hilfe bitten." Schneeweißchen wischte sich die Augen. „Er glüht. Wahrscheinlich hat er Fieber."

„Seine Worte bedeuten nicht unbedingt, dass er fantasiert." Rosenrot kratzte sich am Kopf. „Bär und ich haben einen riesigen Adler über dem großen Fluss Kreise ziehen sehen. So einen hast du noch nicht gesehen."

Schneeweißchens Augen wurden groß.

„Glaubst du, Martin hatte eine Vision?"

Rosenrot zuckte mit den Schultern.

„Woher soll ich das wissen? Du bist die Expertin."

„Aber ich kann nicht fortgehen, um nach einer Fee zu suchen. Was ist, wenn er aufwacht und ich nicht da bin?", Schneeweißchen verdrehte ihre Schürze. „Ich wüsste auch gar nicht, wo ich suchen sollte."

„Warte bis er wach ist und frag ihn." Rosenrot war immer praktisch. Schneeweißchen versuchte zu lächeln, schaffte es aber nicht. Als es Zeit wurde, ins Bett zu gehen, zogen sich alle zurück. Bald erhellte nur das schwache Glühen der Feuerstelle Schneeweißchens einsame Wache an der Seite ihres Freundes.

Ein paar Stunden später flatterten Martins Augenlider. Schneeweißchen, die sich am Fuße seines Bettes ausgeruht hatte, setzte sich auf, um zu sehen, ob er ganz aufwachen würde.

„Wasser." Seine Stimme war immer noch sehr leise. Sie beeilte sich, ihm etwas kalten Tee zu geben, den sie mit Honig gesüßt hatte. Bär hatte die Süßigkeit vor einiger Zeit mitgebracht. Nun würde sie Martin helfen, seine Kraft zurückzugewinnen. Er trank gierig. Als er seinen Durst gestillt hatte, lehnte er sich zurück und seufzte.

„Ich habe noch nie in meinem Leben etwas so Gutes getrunken."

Schneeweißchen fühlte eine verräterische Röte in ihrem Gesicht und war froh über das Halbdunkel des Zimmers. Ihr Herz sang, als ihr klar wurde, dass es ihm besser ging. Vielleicht war er jetzt stark genug, alles zu erklären.

„Erinnerst du dich, dass du mich gebeten hast, eine Fee zu suchen?"

Martin lächelte.

„Das tue ich. Es mag verrückt klingen, aber mein Bart ist ein Geschenk meiner Feenpatin zur Taufe. Vielleicht kann mir eine Fee mit meinem Problem helfen, oder wenigstens erklären, was am Fluss passiert ist." Er sprach zögernd und schnappte alle paar Worte nach Luft.

„Wo soll ich anfangen zu suchen?" Schneeweißchen rutschte vom Bett und kniete am Kopfende, so dass ihr Gesicht nahe bei ihm war. Sein Atem kitzelte ihre Wange, wenn er sprach.

„Das weiß ich nicht. Ich suche sie seit Jahren erfolglos."

Er sah so traurig aus, dass Schneeweißchen einen Entschluss fasste.

„Ich werde sie für dich finden. Mutter, Rosenrot und Bär werden solange für dich da sein." Mit rasendem Herzen küsste sie seine Wange. Ein Prickeln breitete sich in ihrem Körper aus. Deshalb stand sie schnell auf und holte ihr Schultertuch. Bevor sie ging, schrieb sie eine kurze Nachricht für ihre Mutter. Sie wusste, dass Adele sie nicht gehen lassen würde, wenn sie sie weckte.

Im Freien erlaubte sie ihren Augen, sich an die Dunkelheit zu gewöhnen. Der erste Hauch des Winters fuhr durch die Bäume und ließ ihren Atem zu Nebel kondensieren. Zum Abschied ließ sie ihre Finger über eine der letzten weißen Rosenblüten gleiten. Sie brach ab und fiel vor ihre Füße. Sie glühte sanft. Schneeweißchen bückte sich und hob sie auf.

„Danke", flüsterte sie der Pflanze zu.

Es war schwer, das Bekannte hinter sich zu lassen, und noch schwerer, den Mann zu verlassen, den sie liebte. Aber wenn es ihm half, eine Fee zu finden, würde sie bis ans Ende der Welt und zurückgehen. Mit der Rose in der Hand machte sie sich auf den Weg in ein Reich, das ihre Schwester viel besser kannte als sie.

Zuerst folgte sie dem bekannten Bach, wo es genug Licht gab, um den Weg zu erkennen. Doch bald bemerkte sie, dass das Leuchten der Rose in ihrer Hand nachließ, je weiter sie ging.

War das ein Zeichen? Sie drehte sich um und nahm einen Pfad, der sie unter das Blätterdach führte. Das Licht der Rose wurde wieder etwas stärker. Schneeweißchen lächelte. *Meine liebe Rose*, dachte sie. *Das ist ein außergewöhnliches Geschenk.* Zuversicht füllte ihr Herz, als sie der Führung der Rose folgte.

Die Fee wischte sich die übel riechende Flüssigkeit vom Gesicht und spülte den Mund aus, bevor sie ins Bett zurückkehrte.

„Warum nur habe ich mich dazu überreden lassen, den Taufwunsch aufzuschieben?" Eigentlich redete sie mit niemandem. Es tat nur gut, eine Stimme zu hören. Sie zog die Decke bis an die Nase und schloss die Augen. Im Augenblick fühlte sie sich besser.

Pumm, pumm, pumm.

Leise aber deutliche Fußtritte näherten sich ihrem Heim. War das schon wieder Martin? Sie seufzte und verließ die Wärme ihres Federbetts, um aus dem Fenster zu sehen. Nein, dieses Mal war es ein wunderhübsches, goldhaariges Mädchen mit einer leuchtenden, weißen Rose in der Hand. Bevor die Fee in ihr Bett zurück kletterte, schloss sie die Augen und verstärkte den Zauber, der ihr Haus versteckte. Sie fühlte sich ganz und gar nicht in der Lage, Besucher zu empfangen.

Die Fußtritte blieben und bewegten sich um ihr Haus, als wüsste das Mädchen, dass da etwas war.

„Wenn ich nichts sehen kann, ist es vielleicht unsichtbar." Die Stimme des Mädchens driftete durch die dünnen Wände des Feenhauses. Sie war so melodisch wie ein Vogelkonzert im Frühling. „Vielleicht hilft es, wenn ich die Augen schließe."

Die Fee stöhnte. Die Kleine war klüger als gut für sie war. Sie zog die Decke über den Kopf und hoffte wider Erwarten, dass sie das Mädchen nicht finden würde. Es klopfte an der Tür, aber die Fee ignorierte es. Vielleicht würde das Mädchen gehen, wenn niemand öffnete.

„Bitte, Madame Fee, ich brauche Ihre Hilfe." Ihre Stimme war so zart und bittend, dass es der Fee das Herz brach, nicht zu antworten. Sie presste die Lippen aufeinander, aber die Kleine gab nicht so leicht auf. „Ich bin nicht um meinetwillen hier. Bitte, Ihr seid die Einzige, die noch helfen kann."

„Geh weg. Ich bin nicht zu Hause."

„Aber Martin wird sterben, wenn Ihr nicht kommt."

Mit einem Ruck setzte sich die Fee auf. Martin hatte das Mädchen geschickt? Woher hatte er gewusst, dass nur Mädchen sie finden konnten? Widerwillig verließ sie ihr Bett, schlüpfte in einen Bademantel und öffnete die Tür.

„Komm rein, wenn es sein muss." Sie kehrte in ihr Bett zurück, dem einzig warmen Ort in ihrer Hütte.

Die junge Frau trat ein und sah sich um. Als ihr Blick auf die Fee viel, änderte sich ihr Gesichtsausdruck von neugierig zu besorgt.

„Ihr seht genauso schlimm aus wie Martin." Sie eilte durch den Raum, legte die leuchtende Rose auf den Nachtschrank und half der Fee, sich hinzulegen. „Ist Euch kalt? Soll ich ein Feuer anmachen?"

Die Fee nickte schwach, und die junge Frau machte sich voller Elan an die Arbeit. Die Fee sah ihr eine Weile zu.

„Wie heißt du, Mädchen?"

„Solltet ihr das nicht wissen?" Die junge Frau sah sie an und lächelte. „Ich bin Schneeweißchen."

„Warum schickt dich Martin und behauptet, es sei dringend, und dann sagst du mir nicht mal, was nicht stimmt?" Die Fee fühlte sich streitsüchtig. Die Sache mit Martin lag ihr schwer auf der Seele.

„Er spielte verrückt wie ein tollwütiger Fuchs und wurde ohnmächtig. Wir wissen nicht, was wir tun sollen."

„Hört auf, ihm den Bart abzuschneiden. Ich habe den Rückschlag seiner Magie bis hierher gespürt. Was glaubst du, warum ich im Bett liege?" Die Fee runzelte die Stirn und sah das Mädchen an, das vor der Feuerstelle kniete. „Warum bist du überhaupt hier?"

„Ich habe Angst um ihn." Das Feuer brachte Wärme in die Hütte. Schneeweißchen zog sich einen Hocker ans Bett. „Ich möchte, dass Ihr ihm helft."

„Was interessiert es dich? Er ist ein hässlicher Zwerg." Die Fee versuchte Furcht einflößend auszusehen, was wegen der leicht grünen Haut und den Schatten unter ihren Augen ziemlich einfach war.

Das Mädchen wurde rot und antwortete nicht.

„Komm schon. Spuck es aus. Warum bist du hier? Es wäre einfacher, ein Grab zu schaufeln."

Das Mädchen wurde weiß wie Schnee.

„Er darf nicht sterben. Ich liebe ihn."

Die Fee kicherte. Das leise Glucksen wurde lauter und stärker, bis der zarte Körper der Fee von heftigem Lachen geschüttelt wurde.

„Er ist viel zu alt für dich."

„Ist mir egal."

„Und zu klein."

Schneeweißchen schnaubte.

„Und der Zauber, der auf ihm liegt, ist noch nicht gebrochen." Die Fee setzte sich gerade hin und wischte sich die Lachtränen ab. Sie fühlte sich schon ein ganzes Ende besser. Lachen war wirklich die beste Medizin.

„Ihr habt den Zauber auf ihn gelegt?" Schneeweißchens Augenbrauen schossen in die Höhe.

„Ich habe ihm gestattet, einen mit Magie gefüllten Bart wachsen zu lassen. Er kann ihn für alles benutzen."

„Für alles?"

„Für alles, was er will. Keine Einschränkungen. Das ist ein ziemlich gefährlicher Zauber. Doch als ich ihn aussprach, war ich mir sicher, dass er damit umgehen kann."

Schneeweißchen legte den Kopf schief.

„Also, was lief schief?"

Jetzt wurde die Fee rot.

„Der verstorbene König bettelte mich an, den Taufwunsch seines jüngsten Sohns aufzuschieben. Ich Idiot habe mich überreden lassen. Ich hatte nicht bedacht, dass sich unschuldige Babys immer verändern." Sie sank in ihre Kissen zurück. „Der junge Prinz rief mich an dem Tag, an dem sein Vater beerdigt wurde."

„Wollte er seinen Vater zurück?" Schneeweißchen klebte an den Lippen der Fee.

„Nein. Und es hätte auch nicht in meiner Macht gelegen, so einen Wunsch zu erfüllen. Er wollte, dass ich ihm helfe, sein Königreich gegen alle Feinde zu verteidigen. Ich konnte ja nicht wissen, dass sein Wunsch so gut wie eine Blankovollmacht ist. Er quält mich mit immer neuen Wünschen gegen die, die er als Bedrohung ansieht."

„Musst du sie denn erfüllen, auch wenn die Bedrohungen genau genommen gar keine sind?" Schneeweißchen runzelte die Stirn.

„Ich würde meinen Feenschwur brechen und mein Leben verlieren, wenn ich es nicht täte. Ich muss all seine Wünsche erfüllen, egal wie verrückt, bis er glaubt, dass sein Königreich sicher ist."

„Und was hat das mit Martin zu tun?"

„Hast du je von Interferenzen gehört?", sagte die Fee mit hartem Tonfall.

Schneeweißchen schüttelte den Kopf.

„Ich gab beiden Jungen die Möglichkeit, Großes zu verändern. Beide kanalisieren ihre Kraft durch mich, auch wenn Martin das nicht weiß. Als ihr seinen Bart abgeschnitten habt, überlappten sich die beiden Ströme von Magie und trafen unkontrolliert aufeinander. Der Rückschlag hat mich fast getötet." Die Fee schloss die Augen. „Es gibt Nichts, womit ich dir helfen kann. Du musst halt aufpassen, dass du nicht noch mehr von seinem Bart abschneidest. Wenigstens habe ich sichergestellt, dass er es nicht selbst tun kann. Oh nein." Die Fee verschwand mit einem Plopp.

Ungläubig starrte Schneeweißchen auf die Stelle, wo die zierliche Frau vor einem Herzschlag noch gewesen war. Wohin war sie verschwunden? Sie sah sich um, aber es war niemand in Sicht. Im Moment schien es, als könne sie nichts tun, als zu warten. Also beschäftigte sie sich mit Aufräumen. Nicht, dass es viel zu tun gab, aber Schneeweißchen hasste es, tatenlos herum zu sitzen. Ein Zertifikat an der Wand zog ihre Aufmerksamkeit auf sich. Sie ging hin.

‚Amtlich beglaubigte Feenpatin', las sie. ‚Hiermit schwöre ich feierlich, mich an die Gesetze der Feenpatinnen zu halten. Ich werde zu den Taufen aller königlichen Kinder in den Königreichen um mich herum erscheinen. Ich werde alle Wünsche erfüllen, die es meinem Patenkind ermöglichen, die wahre Liebe zu finden. Ich werde…'

Plopp – die Fee erschien wieder.

„Der Idiot wollte Adleraugen für seinen menschlichen Körper." Sie kletterte ins Bett zurück, und Schneeweißchen eilte, ihr zu helfen. Schweißperlen standen auf der Stirn der Fee, und die Schatten unter ihren Augen waren dunkler geworden. Sie tat Schneeweißchen Leid.

„Ihr seht noch schlimmer aus als vorher."

Das Gesicht der Fee wurde ernst. Sie rollte sich auf der Seite zusammen, schloss die Augen und murmelte in ihr Kissen.

„Ich sterbe", sagte die Fee. Tränen quollen aus ihren Augen. „Die Wünsche des Königs bringen mich um. Wenn ich fort bin, wird die Magie, die ich Martin und dem König gegeben habe, diesen Teil der Welt zerstören."

Schneeweißchen legte ihren Arm tröstend über den zitternden Körper. Die Fee weinte sich in den Schlaf, während Schneeweißchen über eine Lösung nachdachte. Sie war sich sicher, dass sie eine finden konnte, wenn sie sich nur mit Rosenrot und Martin beraten konnte.

Als Rosenrot Schneeweißchens Notiz gelesen hatte, wollte sie ihrer Schwester nachlaufen. Aber Bär hielt sie zurück, indem er den Eingang blockierte. Besorgt sah sie an seinem Bauch vorbei und beobachtete den Wald.

„Woher willst du wissen, dass sie dies allein tun muss? Sie war noch nie ohne mich im Wald." Rosenrot drückte mit aller Kraft gegen Bär, aber sein schwerer Körper bewegte sich keinen

Zentimeter. Da er auf den Hinterbeinen stand, konnte sie auch nicht über ihn hinweg klettern. Mit einem Seufzer begann sie, das Frühstück vorzubereiten. Ihre Mutter würde sich furchtbar aufregen, wenn sie aufwachte.

Plopp

Der seltsame Laut kam von draußen.

Bär ließ sich auf alle Viere herab. Er starrte aus dem Eingang, und die Haare seines Nackenfells richteten sich auf. Ein tiefes, gefährliches Knurren verließ seine Kehle. Es weckte Adele. Rosenrot stellte das Geschirr zur Seite und ging zur Tür.

„Es ist alles in Ordnung", erklang Schneeweißchen Stimme.

Rosenrot sprang über Bär hinweg, um ihre Schwester zu umarmen. Doch sie blieb wie angewurzelt stehen, als sie das Bett am Waldrand neben Schneeweißchen entdeckte. Eine Wolke aus kondensiertem Atem hing darüber.

„Wer ... Was ist das?"

„Das ist Martins Feenpatin. Hilf mir, sie reinzubringen. Sie hatte nicht genug Kraft, uns durch den Schutz der Rosen zu transportieren." Schneeweißchen zerrte an dem Bett, aber es bewegte sich nicht. Rosenrot und Bär rannten zu ihr. Gemeinsam schleppten sie das Bett samt Inhalt auf die Höhle zu. Adele kam herausgeeilt, um ebenfalls zu helfen. Als sie die Rosen erreichten, weiteten sich die Augen der Fee.

„Unglaublich!" Sie setzte sich auf. „Kann ich genau hier bleiben?"

„Warum? Drinnen ist es viel gemütlicher. Außerdem wären Sie im Weg, wenn wir das Haus verlassen wollen." Rosenrot stemmte die Hände in die Hüften.

„Lieb…"

„Natürlich duften sie lieblich, aber–"

„So'n Quatsch. Der Duft ist zwar schön, aber das habe ich nicht gemeint. Sie sind die personifizierte Liebe. Na ja, die pflanzifizierte, um genau zu sein." Die Wangen der Fee glühten, und sie setzte sich gerader hin.

„Das verstehe ich nicht." Rosenrot runzelte die Stirn.

Die Augen der Fee glitzerten und erhellten die Schatten unter ihren Augen.

„Diese Rosen sind erfüllt mit Martins Liebe für die neugeborenen Zwillinge und mit der Liebe eurer Mutter. Sie haben die Liebe zwischen euch Mädchen aufgesaugt, sowie Schneeweißchens Liebe für Martin und Rosenrots Liebe für Bär."

Schneeweißchen wurde feuerrot, und Rosenrot protestierte. „Ich bin nicht in Bär verliebt."

Bär rieb seinen Kopf an ihrer Hüfte, und sie wurde ebenfalls rot. Die Fee legte sich wieder hin und lächelte.

„Im Haus bin ich nahe genug. Solange ich von so viel Liebe umgeben bin, kann mich der König nicht mehr rufen. Das heißt, ich habe eine Chance, mich zu erholen." Sie schloss die Augen und schlief ein.

„Wir können sie nicht hier draußen lassen, mit dem Winter vor der Tür." Rosenrot warf einen Blick auf den Reif an den Blättern der Pflanzen um sie herum.

Adele nickte.

„Lasst sie uns nach drinnen tragen, bevor sie sich erkältet."

Schneeweißchen sagte: „Und dann müssen wir reden. Wir haben ziemlich viel zu besprechen."

Während ich so schwach bin, dass ich nur einen Apfel kauen kann, schleppen Adele, Bär und die beiden Mädchen ein Bett ins Haus und schieben es unter das Fenster. Als Schneeweißchen auf mich zukommt, hämmert mein Herz so stark, dass ich das neue Bett ganz vergesse. Sie setzt sich neben mich. Werde ich mich je an ihr satt sehen können?

„Ich habe deine Fee gefunden." Sie zeigt auf das Bett. „Warum hast du uns nicht gesagt, dass du ein Prinz bist?"

Mein Kinn klappt herunter. Woher weiß sie das? Hat es ihr die Fee verraten?

„Es wurde mir klar, als ich das Zertifikat der Fee gelesen habe. Darin steht, dass sie jede königliche Taufe besuchen muss." Schneeweißchen lächelt, und mein Herz schmilzt.

„Aber Feen gewähren auch anderen Kindern Wünsche", sagt Rosenrot.

„Ja, aber das sind keine Taufwünsche." Schneeweißchens Blick ruht auf mir. Ich winde mich. Nun, wo sie mein Geheimnis kennt, tun ihr sicherlich die Nachmittage Leid, die wir miteinander verbracht haben. Ich senke den Blick, unfähig sie anzusehen. Alle Hoffnung verlässt mich. Da kann ich auch gleich die ganze Wahrheit erzählen.

„Ich wollte nicht, dass ihr wisst, dass der jetzige König mein Bruder ist. Ich habe mein Bestes getan, um denen zu helfen, die er so gedankenlos missbraucht, weil ich von seinem Fleisch und Blut bin."

„Aber dann bist du …", knurrt Bär.

„Ja, ich bin dein Onkel." Ich bin dankbar, dass er mich nicht fragt, wie ich es übers Herz gebracht habe, ihn in einen Bären zu verwandeln.

„Dann ist Bär der Prinz, der dich fangen wollte?" Rosenrots Stimme klingt weniger überrascht als erwartet. „Das hätte ich mir eigentlich denken können."

Ich blinke ein paar Tränen fort. Es wird Zeit, sich wieder an die Einsamkeit zu gewöhnen. Wenn ich fort bin, werden sie mich schnell vergessen. Bald wird Rosenrot Bär ihre Liebe gestehen und ihn so in den gut aussehenden Prinzen zurückverwandeln, der er einmal war. Alles wird wieder in Ordnung sein. „Ich denke, ich sollte jetzt gehen."

„Nein." Schneeweißchen legt ihre Hand auf meine. Ihre Wärme flutet meinen Körper wie ein Feuersturm. Ich will sie nicht verlassen, hänge ich doch mit Leib und Seele an ihr. Blut donnert in meinen Ohren und ich verpasse beinahe, was sie sagt.

„Du warst schon viel zu lange allein. Ich möchte, dass du bei mir bleibst, Martin. Ich liebe dich."

Ich starre sie ungläubig an und wage nicht, ihr zu glauben. Meine Fantasie muss mir einen Streich gespielt haben. Ich kann nicht mehr atmen. Sie beugt sich vor, ihre Lippen berühren meine, und die Welt verschwindet in einer seligen Wolke. Ich träume doch nicht. Zaghaft lege ich meine Arme um sie und erwiderte den Kuss. Ich würde Berge versetzen, um sie sicher zu wissen.

„Es ist ja schön, dass ihr euch liebt, aber können wir uns bitte darauf konzentrieren, unsere Probleme zu lösen?" Rosenrots unromantischer Kommentar stört die Stimmung ein wenig. Widerwillig löse ich mich von Schneeweißchen.

„Ich weiß, was wir tun sollten." Schneeweißchen sieht ihre Schwester, ihre Mutter und Bär an. Mir scheint, sie hat vorgeplant. „Wir müssen so viele Menschen wie nur möglich zusammenbringen und mit dem König reden. Die Menschen werden sicher zu uns kommen, wenn sie erfahren, dass er der ältere Bruder des Königs ist."

„Das glaube ich nicht", sagt Bär, aber außer mir kann ihn niemand verstehen. Ich glaube, es ist Zeit, ihm die menschliche Sprache wiederzugeben. Gleichzeitig sollte ich den Bann aufheben, der ihn im Wald festhält.

Rosenrot sah interessiert zu, wie Martin seinen Bart streichelte. Funken sammelten sich in seinen Händen, bevor sie zu Bär hinüber schwebten und um seine Kehle tanzten. Bär schlug nach ihnen, aber sie sanken nur in seinen Pelz und verschwanden. Er knurrte und schüttelte den Kopf.

„Lass das. Das kitzelt."

Rosenrot öffnete den Mund, aber Schneeweißchen war schneller.

„Ich kann ihn verstehen." Sie drehte sich zu Martin um und küsste ihn erneut. „Du bist wunderbar."

„Vielleicht folgen sie mir, als dem Thronerben. Na ja, nicht als Bär, aber … ich meine … Du weiß was ich meine, nicht wahr?" Bär sah Rosenrot an, und sie nickte langsam. „Außerdem liebt mich mein Vater. Mir wird er sicher zuhören, wenn ich die Abordnung anführe."

Rosenrot runzelte Stirn.

„Falls du wieder ein Mensch wirst, falls wir die Minenarbeiter befreien können, falls wir die zurückholen können, die geflohen sind, und falls uns die königlichen Soldaten nicht zuerst töten, können wir vielleicht mit dem König diskutieren. Für meinen Geschmack sind das zu viele falls."

Schneeweißchen wandte sich an Martin.

„Kannst du nicht Magie benutzen?"

„Ich weiß nicht. Es ist schwieriger geworden, seit Rosenrot einen Teil meines Bartes abgeschnitten hat." Er zuckte mit den Schultern. „Wenigstens weiß ich jetzt, warum mich die Fee daran gehindert hat, ihn selbst abzuschneiden."

Bär legte den Kopf schief.

„Also wäre unser erster Schritt, die Minenarbeiter zu retten."

Die Stimme der Fee klang vom Fenster herüber und unterbrach ihre Unterhaltung.

„Warum lasst ihr nicht die Minen einstürzen?"

Wie alle anderen denke ich über den Vorschlag der Fee nach. Es würde meinen Bruder auf alle Fälle dazu bringen, sein Schloss zu verlassen. Und da er sich nicht bedroht fühlen würde, würde er nicht so viele Soldaten mitnehmen. Rosenrot stellt die wichtigste Frage.

„Wie kriegen wir die Minenarbeiter rechtzeitig raus?"

„Wir können es sehr früh am Morgen tun", sagt Bär. „Bei Schichtwechsel sind die Arbeiter alle sehr dicht am Ausgang.

„Das garantiert trotzdem nicht, dass wir alle herausholen können." Es ist das erste Mal, dass Adele etwas zur Diskussion beiträgt. „Wenn wir zulassen, dass auch nur einer verletzt wird, sind wir kaum besser als der König."

Ich kenne die Lösung für das Problem. Sie ist einfach genug.

„In den Tunneln wächst ein Pilz. Die Minenarbeiter essen ihn gern. Außerdem benutzen sie ihn, um zu sehen, ob die Luft rein ist. Liegen giftige Gase in der Luft, schwellen die Pilze an und explodieren. Dann rennen die Minenarbeiter. Ich könnte sie alle explodieren lassen." Ich sehe in ihre Gesichter. Schneeweißchen strahlt. Ich kann mein Glück kaum glauben. Womit habe ich das verdient?

Während die andern meine Idee besprechen, stehe ich auf, um mehr Feuerholz von draußen zu holen. Die Holzstücke sind ziemlich dick, also nehme ich eine Axt, um sie zu spalten. In dem Moment, in dem die Klinge herab schwingt, weiß ich, dass ich einen Fehler gemacht habe. Sie verfängt sich in meinem Bart und klemmt ihn in dem Holzstück ein. Ich zerre am Griff der Axt und befreie die Klinge. Das Metall klirrt laut, als es auf dem Boden aufschlägt. Leider steckt mein Bart fest. Ganz egal, wie stark ich daran ziehe, er kommt nicht los. Ich kann nicht einmal die Axt als Hebel benutzen, um den Schnitt zu weiten, weil ich sie nicht wieder ins Holz bekomme. Ich stöhne.

Rosenrot kommt mit einem Wassereimer in der Hand aus dem Haus. Sie krümmt sich vor Lachen, als sie mich sieht.

„Hilf mir lieber." Ich werfe ihr einen bösen Blick zu. Immer noch lachend kommt sie zu mir. Gemeinsam ziehen wir. Meine Haut fühlt sich an, als wollten wir meinen Bart ausreißen. Ich versuche, nicht zu schreien, aber Wasser schießt in meine Augen. Nach mehreren Versuchen hat Rosenrot eine Idee.

„Ich hacke das Holz um deinen Bart herum weg. Vielleicht können wir den Spalt dann größer machen." Sie schnappt sich die Axt und schwingt sie. Dabei trifft sie nur knapp daneben. Die Klinge durchtrennt meinen Bart.

Dieses Mal bin ich weniger verwirrt, aber der Schmerz ist viel stärker. Ich bin gleichzeitig an drei Orten. In der Schatzkammer meines Bruders, die Hände im Gold vergraben, im Bett der Fee und neben dem Feuerholz, wo mich Rosenrot stützt. Ich fühle mich, als hätte mich jemand in drei Teile geteilt. Jeder Nerv meines Körpers brennt vor Schmerz. Der Hass des Königs und die Qual der Fee verschlimmern das Brennen. Da ich jetzt die Gedanken des Königs teile, verstehe ich, dass er niemals mit uns reden wird. Wir schlagen wild um uns vor Schmerz, während wir unsere Gedanken teilen. Als mir klar wird, dass der König ahnt, wo wir sind, kämpfe ich darum, den Kontakt abzubrechen. Erfolglos. Eine zärtliche Stimme kühlt die Flammen und befreit mich. Schmerz erfüllt mein Körper, als wäre ich zwischen Felsen eingeklemmt gewesen. Schneeweißchen hält mich im Arm und singt für mich. Ich zwinge mich, den Schmerz zu ignorieren, und öffne die Augen.

„Wir müssen sofort weg. Er weiß wo wir sind." Ist meine Stimme wirklich so heiser? Ich gebe mir Mühe, mich aufzusetzen.

„Aber die Rosen werden uns beschützen", sagt Schnee-weißchen.

Ich muss deutlicher werden, damit sie mich versteht.

„Ihr Schutz wird uns nicht helfen, wenn wir von Soldaten umringt sind. Wir wären Gefangene. Früher oder später würden wir verhungern."

Bär schlendert zu uns und stupst mich an.

„Du kannst auf mir reiten."

Ich klettere hinauf, so gut ich kann. Die Muskeln in meinen Armen und Beinen zittern, aber ich klammere mich an ihn. Mein Leben hängt davon ab. Schneeweißchen und Rosenrot schnappen sich ihr wichtigstes Eigentum und drängen ihre Mutter, dasselbe zu tun. Adele schüttelt den Kopf.

„Die Fee ist nicht bei Bewusstsein und kann nicht bewegt werden. Ich werde bei ihr bleiben, bis es ihr besser geht."

Ich werde nicht gehen, ohne wenigstens zu versuchen, die Meinung meiner Freundin zu ändern. Es wäre furchtbar, wenn ich sie im Stich lassen würde.

„Wir werden dem Hass meines Bruders entgehen und einen sicheren Platz zum Leben finden", versichere ich ihr.

Sie lächelt.

„Im Moment ist er nicht hinter mir her. Und die Fee braucht mich. Geht und findet einen sicheren Platz." Sie umarmt mich. „Pass gut auf meine Kinder auf. Ich komme nach, sobald ich kann."

Ihre Töchter und ich versuchen unser Bestes, sie zum Mitkommen zu überreden, aber sie gibt nicht nach. Am Ende lenken wir ein. Mit blutendem Herzen sinke ich in Bärs weiches Fell und erlaube ihm, mich fortzutragen. Die Traurigkeit in Rosenrots und Schneeweißchens Haltung zerrt an meinen Nerven. Schweigend bewegen wir uns durch den Wald. Das Sonnenlicht, das auf dem Boden tanzt, steht im grellen Gegensatz zu unserer Stimmung. Ich drifte vom Schlaf zum Wachen und zurück, dankbar dafür, dass Bär mich trägt.

Nach einer Weile fragt Rosenrot: „Wohin gehen wir?"

Bär antwortet.

„Es gibt eine Höhle in der Nähe der Minen. Da wird uns Vater wohl kaum suchen."

Ich versuche, mich auf seine Worte zu konzentrieren, um ihn zu verstehen, aber Dunkelheit kriecht auf mich zu. Ich weiß, dass der König kommt. Und ich weiß auch, dass dies der Zeitpunkt ist, den ich in meiner Vision gesehen habe. Damals, als Schneeweißchen und Rosenrot in meinem Wald ankamen – ungeboren und strahlend hell. Ich zwinge mich, die Augen zu öffnen, und sehe sie an, wie sie wortlos hinter uns her gehen. Beide strahlen immer noch dasselbe helle Licht aus wie als Kinder. Trotz der Härte ihres Lebens sind ihre Unschuld und Liebe nicht schwächer geworden. Ich habe von Anfang an Recht gehabt; sie sind etwas Besonderes.

Ein Kreischen zerreißt die Luft, und dunkle Krallen bohren sich in meine Schulter. Ich schreie vor Schmerz und merke kaum, wie Bär seine Vorderpranken um meine Hüfte wirft. Der Adler kreischt erneut. Mein Gehirn fühlt sich an, als würde es jede Minute explodieren. Ein Pfeil streift den Nacken des Adlers. Kreischend entreißt er mich Bärs Griff und hebt ab.

Ich rieche den metallischen Duft meines Bluts, als er mich mit sich zieht. Mit dem bisschen Kraft, dass ich noch habe, gelingt es mir, meine Schulter aus den Klauen zu befreien. Aber mein Bart hängt fest. Der Boden unter mir wird immer kleiner, und Panik schnürt mir die Kehle zu.

Ein Messer wirbelt an mir vorbei. Für den Bruchteil einer Sekunde staune ich über Rosenrots Geschicklichkeit. Die Klinge schneidet durch meinen Bart und bohrt sich in den Bauch des Adlers. Merkwürdigerweise sind die Schmerzen diesmal nicht schlimmer als das, was ich sowieso schon fühle. Ich falle von meinem Bruder weg. Sein Adlerkörper stürzt neben mir dem Boden entgegen. Blut färbt seine Federn. Hoffentlich überlebe ich den Aufschlag.

Die Luft saust an mir vorbei und raubt mir den Atem. Dann sehe ich es. Magie verbindet uns mit Bändern aus Licht. Der Hass meines Bruders glüht rot. Er verbindet ihn mit der Fee und mit mir. Es ist eine starke Verbindung. Dunklere, fast schwarze Ranken verbinden ihn mit dem Gold in seiner Schatzkammer im Schloss. Die Zauber, die ich auf die Minen gelegt habe, leuchten stark und hell, und meine Verbindungen zu den Pflanzen und Tieren des Waldes schimmern in einem beruhigenden Weiß. Bär ist ein gelber Funken unter mir, und das zu Zuhause der Mädchen leuchtet weiß.

Endlich verstehe ich. Ich beginne, die ganze Magie an mich zu ziehen. Den Anfang machen die dunklen Fäden, die meinen Bruder an seinen Reichtum binden. Es ist harte Arbeit, aber als ich stark genug zerre, spüre ich sie reißen. Ich leite die Kraft in die Fee, und sie entspannt sich. Als nächstes trenne ich meine Bindung an Bäume, Büsche und Tiere des Waldes. Es tut mir Leid, sie gehen zu lassen, aber die Magie fließt ohne Anstrengung zurück zur Fee.

Der Adler kracht zuerst auf den Boden. Sein Körper federt meinen Aufschlag ab. Trotzdem brechen einige meiner Knochen. Die Schmerzen drohen mich zu überwältigen, aber ich klammere mich an mein Bewusstsein und füttere weiter Magie in die Fee. Einen winzigen Tropfen Magie schicke ich in die Pilze in den Minen. Sie schwellen an und explodieren. Die Minenarbeiter rennen. Als ich sicher bin, dass niemand mehr in den Tunneln ist, löse ich meine Zauber und führe sie zur Fee zurück. Mit ihnen geht ein Teil meines Schmerzes. Als der letzte meiner Zauber verschwunden ist, zittert die Erde. Die Minen stürzen ein. Felsen, so groß wie Häuser, brechen los und poltern den Berg hinab.

Ich nutze etwas Magie, um Rosenrot, Schneeweißchen und Bär zu beschützen. Dann erst kappe ich die Verbindung zwischen meinem Bruder und mir. Ich spüre die Freude der Fee. Dann erreichen die Felsen den Platz, wo mein Bruder und ich zerbrochen und atemlos liegen.

„Martin!" Schneeweißchens Schrei ist voll Panik. Ich öffne die Augen, kann aber Nichts sehen. Ich kann mich auch nicht bewegen, da ich meinen Körper nicht mehr spüren kann. Jemand wimmert, und es dauert eine Weile, bis ich merke, dass ich das bin.

Steine krachen gegen Steine. Ein winziger Lichtstrahl findet seinen Weg zu mir. Jemand mit unmenschlichen Kräften zerrt Felsen fort. Bärs Gesicht erscheint.

„Hab ihn."

„Martin!" Schneeweißchen Stimme ist jetzt viel näher. Ich bin ein glücklicher Mann, dass ich von ihr geliebt worden bin. Jetzt gibt es nur noch eines, was ich tun muss, bevor ich loslassen kann. Ich warte bis Bär die größten Steine zur Seite geräumt hat und sehe meinen Bruder an. Er ist wieder in seiner menschlichen Form. Sein nackter Körper ist ein einziger großer, blauer Fleck. Blut fließt aus der Wunde, wo ihn Rosenrots Messer getroffen hat. Ich schließe die Augen und fühle nach der Magie. Zum Glück ist noch ein ganz bisschen übrig. Ich schicke einen winzigen Teil in meinen Bruder und heile seine inneren

Verletzungen. Aber ich kann ihm nicht gestatten, die Fee weiter zu quälen, also durchtrenne ich seine Stimmbänder. Der Rest wird von alleine heilen. Vielleicht erteilen ihm die Schmerzen ja eine Lektion.

Ich öffne meine Augen und sehe Schneeweißchen lächeln. Es fällt mir schwer, den Blick von ihr abzuwenden, aber ich sehe mich nach Bär um. Er steht auf den Hinterbeinen mit einer Pranke um Rosenrots Schultern. Ich lasse das letzte bisschen meiner Magie los und schicke sie zur Fee zurück. Der Zauber, der ihn in seinem Bärenkörper gefangen hält, löst sich auf. Die Freude in Rosenrots Augen, als sie den Mann an ihrer Seite sieht, entschädigt mich für mein einsames Leben. Ich bedaure nur, dass ich Schneeweißchen verlassen muss. Mein Blick kehrt zu ihr zurück, und ich versuche zu lächeln.

„Ich liebe dich." Ich hätte gerne mehr gesagt, aber meine Kraft lässt schnell nach. Mit einem Lächeln auf den Lippen gleite ich in die Schwärze.

Martins Atmung wurde langsamer, und seine Haut wirkte mehr und mehr wie Wachs. Die Überreste seines Bartes hoben sich dunkel gegen die blasse Haut ab. Schneeweißchen spürte ihr eigenes Leben mit dem seinen schwinden.

„Mir scheint, ich komme gerade rechtzeitig." Die Fee setzte Adele neben Rosenrot ab und schwebte zu Martin und dem König. Sie strahlte vor Schönheit und Gesundheit. „Schneide den Rest seines Bartes ab."

Schneeweißchen starrte sie verständnislos an, aber Rosenrot reichte ihr ein Jagdmesser.

„Schneide seinen Bart ab, Schneeweißchen. Die Fee wird schon wissen, was sie sagt."

Schneeweißchen gehorchte. Mit zitternden Fingern kratzte sie Martins Gesicht so sauber sie konnte. Ohne Bart wirkte er furchtbar jung. Tränen rollten über ihre Wangen. Sie schluckte, als Adeles Hand ihre Schulter berührte.

„Er ist etwas Besonderes", flüsterte Schneeweißchen.

Die Fee stimmte zu.

„Er benutzte seine letzten Wünsche, um das Leben von anderen besser zu machen und dachte nicht eine Sekunde an sich selbst. Er hätte die Magie, die ich ihm gegeben habe, dafür benutzen können, sich selbst zu heilen und attraktiver zu machen. Aber das ist ihm nicht einmal im Traum eingefallen. Er wird dir ein guter Ehemann werden."

„Er wird? Nicht wäre?" Schneeweißchen packte ihre Hand.

Die Fee zuckte mit den Schultern und sagte: „Sieh doch."

Schneeweißchen drehte sich zu Martin um. Seine Augenlider zitterten und hoben sich. Für einen Moment starrte er in den Himmel. Dann fand sein Blick Schneeweißchen.

„Liebling." Er setzte sich auf, und alle Schmerzen waren vergessen. Schneeweißchen umarmte ihn, als wolle sie ihn nie wieder loslassen.

„Ich dachte, er stirbt", sagte Adele.

Die Fee drehte sich im Kreise, und Magie glitzerte überall um sie herum.

„Die Richtlinien für Feenpatinnen überlassen es dem Urteilsvermögen der Fee, diejenigen zu belohnen, die es verdient haben. Und er hat es geschafft, mir all meine Magie zurück zu geben."

„Was ist mit meinem Vater?" Bär hatte sich Rosenrots Mantel um die Hüfte geknotet und hockte neben dem bewusstlosen Verwundeten.

„Er wird es überleben. Aber es wird dauern, bis er wieder gesund ist. Vielleicht sogar lange genug, dass er sein Gold vergisst." Die Fee kicherte. „Sicher ist, dass er mich nie wieder rufen kann. Außerdem ist das Königreich nicht mehr in Gefahr, so wie er es wollte. Und Martin hat die Liebe seines Lebens gefunden. Was kann sich eine Feenpatin sonst noch wünschen?"

Sie wirbelte tanzend herum und sagte: „Ich bin so froh, dass dieses Abenteuer doch noch ein glückliches Ende gefunden hat, obwohl es eine ganze Zeit nicht danach aussah."

„Nun", Rosenrot sprach mit einem Grinsen, das klarmachte, dass sie etwas vorhatte. „Kriegen wir auch eine Belohnung?"

Die Fee erstarrte, legte den Kopf schief und runzelte die Stirn.

„Was würdest du wollen?"

Rosenrot sah zu ihrem Prinz auf. Er küsste sie zärtlich. Dann wandte sie sich wieder an die Fee.

„Versprich uns, dass bei den Taufen von Schneeweißchens und meinen Kindern keine einzige Fee Wünsche aussprechen wird."

Bonus: Schneewittchens Vater

An Annas elftem Geburtstag entschied der König, es sei an der Zeit, seine einzige Tochter und Erbin besser kennenzulernen. Bisher war sie in der Obhut einer Amme aufgewachsen. Daher war ihm das Kind mit der blassen Haut und den pechschwarzen Haaren merkwürdig fremd. Die Regierungsgeschäfte, Reisen, Feldzüge und Feste für den Hofstaat hatten ihn zu sehr beschäftigt. Vor wenigen Tagen hatte er beschlossen, seine Tochter Anna eigenhändig zu unterrichten, und daher die Amme entlassen.

„Holt meine Tochter!", befahl er. „Ich möchte mit ihr speisen."

Der Kammerdiener schritt zum königlichen Berater, der wiederum zur Kammerzofe der Prinzessin eilte und ihr den Wunsch des Königs mitteilte. Die Kammerzofe wurde blass und brach in Tränen aus. Es dauerte einige Zeit, bis sie der Berater beruhigt hatte.

„Die Prinzessin ist seit gestern verschwunden", stammelte die Zofe.

Beunruhigt informierte der Berater den König, der sofort die Wache rief.

„Durchsucht das Schloss. Die Prinzessin muss gefunden werden."

Der Hauptmann der Wache spannte jede Person ein, derer er habhaft werden konnte. Wie emsige Ameisen sausten Wachen, Diener, Zofen, ja sogar Hofdamen und Edelmänner durch die Flure und den großen Park des Schlosses, doch Prinzessin Anna blieb unauffindbar.

Schon wollte der ungeduldige König den Hauptmann in den Hungerturm werfen lassen, als die Königin den Thronsaal betrat. Der Monarch seufzte. Seine zweite Frau hatte die seltene Gabe, ihn in wichtigen Momenten mit Nebensächlichkeiten zu stören.

„Liebster Gemahl", sagte sie. „Annas Verschwinden ist meine Schuld."

„Was? Wieso?" Der König sprang auf.

„Ich erhielt gestern ein neues Stück für meine magische Sammlung: die Kiste des Verschwindens. Natürlich probierte ich sie sofort aus. Anna war so lieb, mir zu assistieren."

„Assistieren?", echote der König.

„Sie stieg in die Kiste und verschwand, ganz wie es vorgesehen war. Aber als ich sie zurückzaubern wollte, blieb die Kiste leer."

„Warum habt Ihr mich nicht sofort informiert? Sie ist mein einziges Kind. Meine Erbin!"

„Ich hatte gehofft, der Jäger würde sie vor dem Geburtstagsmahl finden."

Der König sah seinen Berater an.

„Ruft den Jäger!", befahl er, dann wandte er sich wieder an seine Ehefrau. „Warum schicktet Ihr nicht die Wache?"

„Der Jäger hat mehr Erfahrung mit Spuren und Fährten."

Der König ließ sich auf den Thron fallen und raufte sich die Haare, dass die Krone verrutschte. In diesem Moment betrat der Jäger den Saal, schritt zum Thron und verbeugte sich. Der König winkte ab.

„Also los, wo ist die Prinzessin?"

„Majestät, nach allem, was ich herausfinden konnte, ging Prinzessin Anna in den Wald. Leider waren ihre Spuren so gründlich verwischt, dass nicht einmal die Hunde ihre Fährte fanden."

„Soll das heißen, dass meine einzige Erbin spurlos verschwunden ist?"

Der Berater legte eine Hand auf des Königs Arm.

„Wir werden ihren Aufenthaltsort auf andere Weise entdecken."

„Oh, ich weiß!" Die Königin klatschte in die Hände. Alle Augen richteten sich auf sie. „Wir befragen meinen Zauberspiegel. Er sagt stets die Wahrheit. Ich habe ihn gründlich getestet."

Widerwillig stimmte der König zu. Der ganze Zauberquatsch seiner Frau war ihm unheimlich. Noch widerwilliger folgte er ihr, seinem Berater und dem Jäger in den Raum mit den Zaubergeräten. Die Königin zog einen Samtvorhang zur Seite, und ein mit vergoldetem Holz gerahmter Spiegel kam zum Vorschein. Unruhig ging der König hin und her und sah zu, wie sich seine Gemahlin vor dem Spiegel aufbaute.

„Nun macht schon", drängelte er.

Die Königin sah ihn mit gerunzelter Stirn an und räusperte sich.

„Spieglein, Spieglein, an der Wand, wo verbirgt sich Anna im Land?"

Der Spiegel antwortete ohne zu zögern.

„Königin, Schneewittchen ist fort.

Sie ist nicht im Land, doch nach sieben Bergen,

findet ihr das Mädchen bei sieben Zwergen.

Es gefällt ihr viel besser dort."

„Schneewittchen?" Die Augenbrauen des Königs schossen in die Höhe.

„Die Jungen der Amme nennen sie so", sagte der Berater.

„Kokolores." Eine Ader schwoll an des Königs Stirn. „Wer sind die sieben Zwerge und wo finden wir sieben Berge? Mein Reich ist so flach wie die Brust der Königin."

„Herr Gemahl! Keine Beleidigung."

„Sie vergessen das Waldecker Land, Majestät", sagte der Jäger und verbeugte sich erneut. „Anna kennt es, denn die Amme hat dort ein Ferienhaus."

„So, so. Ein Ferienhaus." Der König eilte zur Tür. „Worauf warten wir? Sattelt die Pferde. Wir besuchen die Amme."

Wenig später preschte er auf seinem weißen Schlachtross durch die Straßen der Hauptstadt. Vor ihm ritt der Hauptmann der Wache mit zwei seiner besten Leute, hinter ihm folgten der Berater und der Jäger. Vor dem Haus der Amme sprangen die Männer ab und donnerten mit den Fäusten gegen die Tür.

„Ich komm ja schon. Lasst mein Haus heil", rief eine warme Altstimme. Eine rundliche Frau mittleren Alters öffnete. Als sie den König erkannte, versank sie in einem tiefen Knicks. „Majestät, was kann ich für Euch tun?"

„Was habt Ihr meiner Tochter angetan?", donnerte der König.

„Ich habe die Prinzessin seit meiner Entlassung nicht gesehen." Zitternd richtete sich die Amme auf.

Der König öffnete den Mund, um weitere Fragen zu stellen, aber sein Berater unterbrach ihn. Das hatte bisher niemand gewagt. Der König schoss herum, hielt sich aber zurück, als er sah, wie aufgeregt der Berater war.

„Majestät", rief er und zeigte auf das Namensschild am Türpfosten. „Erinnert Euch an den Spruch des Spiegels: hinter den sieben Bergen, bei den sieben Zwergen!"

„Und?"

„Nun ja. Die Amme hat sieben Söhne, ihr Nachname ist Zwerg, und sie hat ein Haus in den Bergen." Der König starrte seinen Berater mit offenem Mund an. Dann sprang er auf sein Pferd und rief den Wachen zu: „Aufgesessen. Los, los. Und bringt die Amme mit."

Am späten Nachmittag schleppten sich die erschöpften Pferde auf eine Lichtung mit einem Reet gedeckten Fachwerkhäuschen. Die Berge erhoben sich über den Baumkronen, und durch die

Wiese schlängelte sich ein Bach. Kaum näherten sich die Reiter der Brücke, als die Tür des Häuschens aufsprang und Prinzessin Anna heraustrat. Erleichtert streckte der König die Hände aus. Anna hob eine Armbrust und zielte.

„Verschwindet, sonst schieße ich. Ich werde auf keinen Fall heimkehren."

Mit weit aufgerissenem Mund und völlig unbeweglich starrte der König seine Tochter an und vergaß dabei, sein Pferd zu stoppen. Der Pfeil verfehlte ihn nur knapp. Der Berater packte die Zügel des Schlachtrosses und zog es in die Deckung des Waldes.

Als sich alle von dem Schreck erholt hatten, überlegten sie, was zu tun wäre.

„Wir müssten die Prinzessin betäuben. Dann könnten wir sie im Schlaf davontragen", sagte der Jäger.

„Aber wo bekommen wir ein Schlafmittel her, und wie verabreichen wir es ihr?", fragte der Hauptmann.

Der Berater hatte die Antwort.

„Ich schlafe schlecht, also trage ich immer ein wirksames Mittel bei mir. Ein Stück des Wegs zurück sah ich einen Apfelbaum. Wenn einer von uns mit Frau Zwerg die Kleidung tauschen würde, könnten wir die Prinzessin vielleicht überlisten."

Die beiden Wachen ritten zurück und kehrten wenig später mit einem Beutel Äpfel zurück. Der Berater präparierte eine rotbackige Frucht. Anschließend wurde beraten, wer sich verkleiden solle. Es stellte sich heraus, dass der, mit dem Prinzessin Anna am wenigsten vertraut war, ihr eigener Vater war. Der König wehrte sich energisch gegen die Verkleidung. Sein Berater redete bis zum Einbruch der Nacht auf ihn ein, bevor der König endlich in das Kleid der Amme schlüpfte.

„Ich sehe lächerlich aus." Er strich den Rock glatt. „Was ist, wenn sie etwas merkt."

Der Berater band ihm ein Kopftuch so um, dass es die Bartstoppeln verdeckte.

„Im Licht des Mondes wird sie Euch kaum sehen können."

Mit klopfendem Herzen nahm der König den Beutel mit den Äpfeln, vergewisserte sich, dass der behandelte obenauf lag und trat auf die Lichtung. Bis zum Haus war es nicht weit. Er klopfte an das Fenster, und die Prinzessin öffnete. Es duftete nach heißer Suppe. Der Magen des Königs knurrte.

„Holde Maid, mich dürstet. Könntet Ihr mir ein wenig Wasser geben", säuselte er mit verstellter Stimme.

„Aber gerne, Mütterchen." Die Prinzessin sprang davon und holte einen Becher Wasser. „Möchtest du nicht hereinkommen?"

Der König schüttelte den Kopf und trank.

„Ich habe noch einen weiten Weg vor mir, schönes Kind, aber danke für das Angebot. Darf ich Euch zum Abschied einen meiner Äpfel schenken?"

Er nahm den behandelten Apfel aus dem Beutel und hielt ihn seiner Tochter entgegen. Lächelnd griff die Prinzessin zu.

„Ich liebe Äpfel."

Zufrieden sah der König, wie Anna in den Apfel biss und zu Boden sank. Dass das Mittel so schnell wirken würde, hatte er nicht erwartet. Er schwang sich ins schummrige Innere des Hauses. Eine kleine Laterne und das Feuer im Herd waren alles, was den Raum erhellte. Sieben Köpfe rund um den Tisch fuhren in die Höhe. Die Söhne der Frau Zwerg starrten ihn mit weit aufgerissenen Augen an.

„Ihr Halunken! Ich werde Euch lehren, Anna zu entführen…"

„Wir wollten sie gar nicht hier haben, Mama. Sie ist uns gefolgt", rief der jüngste Zwerg. In diesem Moment kam der Berater herein. Eine Menge Erklärungen waren nötig, bis die Jungen begriffen, warum der König in der Kleidung ihrer Mutter steckte. Doch dann waren sie bereit, die Prinzessin zu den Pferden zu tragen. Behutsam hoben sie sie an und fuhren erschrocken zurück, als Anna aufsprang. Sie spuckte das Apfelstück aus und schnappte sich die Armbrust.

„Glaubt ihr, ich würde meinen eigenen Vater nicht erkennen?"

Der König wusste, dass er verloren hatte. Er ließ die Schultern hängen und sah seine Tochter an.

„Warum willst du denn nicht nach Hause kommen?"

„Das fragst du noch? Du hast doch Nana entlassen."

„Wen?"

„Meine Amme … Die Frau, die mir die Mutter ersetzt hat."

„Ist das alles?" Der König fasste sich an den Kopf. „Die Amme ist sofort wieder eingestellt. Wenn du willst, kann sie sogar ihre Bengel mitbringen. Aber du musst mit uns kommen."

„Schwöre es bei deiner Ehre", verlangte die Prinzessin.

Der König knirschte mit den Zähnen. Wie konnte sie es wagen, an seinem Wort zu zweifeln? Er würde es niemals brechen. Er öffnete den Mund, um etwas zu sagen, als er ihre funkelnden Augen sah. Wie ein Blitz durchfuhr ihn die Erkenntnis, dass Anna ihm erstaunlich ähnlich war. Seufzend gab er nach. So schwer ihm die Worte des Schwurs fielen, seine Tochter war ihm wichtiger als sein Ehrgefühl.

Prinzessin Anna umarmte die Jungen und nahm ihnen das Versprechen ab, recht bald ins Schloss zu kommen. Erhobenen Hauptes verließ sie das Haus.

Der König nickte den Jungen noch einmal zu und ging ebenfalls. Zu seinem Berater sagte er: „Ich wünsche nicht, dass die Öffentlichkeit erfährt, warum meine Tochter verschwunden war."

„Selbstverständlich, Majestät."

Der König kratzte die Stoppeln an seinem Kinn.

„Doch wie verhindern wir, dass Gerüchte entstehen?"

„Ihr solltet eine offizielle Erklärung abgeben", schlug der Berater vor. „Ich werde die Tatsachen so anpassen, dass ihr als Held dasteht. Ich bin mir sicher, dass das Volk Euch Glauben schenken wird."

„Gut, gut", sagte der König, in Gedanken bereits bei den liegen gebliebenen Regierungsgeschäften. „Ich verlasse mich ganz auf Euch, mein lieber Grimm."

Das Original: Schneeweisschen und Rosenrot
Gebrüder Grimm

Eine arme Witwe, die lebte einsam in einem Hüttchen, und vor dem Hüttchen war ein Garten, darin standen zwei Rosenbäumchen, davon trug das eine weisse, das andere rote Rosen; und sie hatte zwei Kinder, die glichen den beiden Rosenbäumchen, und das eine hiess Schneeweisschen, das andere Rosenrot. Sie waren aber so fromm und gut, so arbeitsam und unverdrossen, als je zwei Kinder auf der Welt gewesen sind: Schneeweisschen war nur stiller und sanfter als Rosenrot. Rosenrot sprang lieber in den Wiesen und Feldern umher, suchte Blumen und fing Sommervögel; Schneeweisschen aber sass daheim bei der Mutter, half ihr im Hauswesen oder las ihr vor, wenn nichts zu tun war. Die beiden Kinder hatten einander so lieb, dass sie sich immer an den Händen fassten, sooft sie zusammen ausgingen; und wenn Schneeweisschen sagte: "Wir wollen uns nicht verlassen," so antwortete Rosenrot: "Solange wir leben, nicht," und die Mutter setzte hinzu: "Was das eine hat, soll's mit dem andern teilen."

Oft liefen sie im Walde allein umher und sammelten rote Beeren, aber kein Tier tat ihnen etwas zuleid, sondern sie kamen vertraulich herbei: das Häschen frass ein Kohlblatt aus ihren Händen, das Reh graste an ihrer Seite, der Hirsch sprang ganz lustig vorbei, und die Vögel blieben auf den Ästen sitzen und sangen, was sie nur wussten. Kein Unfall traf sie - wenn sie sich im Walde verspätet hatten und die Nacht sie überfiel, so legten sie sich nebeneinander auf das Moos und schliefen, bis der Morgen kam, und die Mutter wusste das und hatte ihrentwegen keine Sorge.

Einmal, als sie im Walde übernachtet hatten und das Morgenrot sie aufweckte, da sahen sie ein schönes Kind in einem weissen, glänzenden Kleidchen neben ihrem Lager sitzen. Es stand auf und blickte sie ganz freundlich an, sprach aber nichts und ging in den Wald hinein. Und als sie sich umsahen, so hatten sie ganz nahe bei einem Abgrunde geschlafen und wären gewiss hineingefallen, wenn sie in der Dunkelheit noch ein paar Schritte weitergegangen wären. Die Mutter aber sagte ihnen, das müsste der Engel gewesen sein, der gute Kinder bewache.

Schneeweisschen und Rosenrot hielten das Hüttchen der Mutter so reinlich, dass es eine Freude war hineinzuschauen. Im Sommer besorgte Rosenrot das Haus und stellte der Mutter jeden Morgen, ehe sie aufwachte, einen Blumenstrauss vors Bett, darin war von jedem Bäumchen eine Rose. Im Winter zündete Schneeweisschen das Feuer an und hing den Kessel an den Feuerhaken, und der Kessel war von Messing, glänzte aber wie Gold, so rein war er gescheuert. Abends, wenn die Flocken fielen, sagte die Mutter: "Geh, Schneeweisschen, und schieb den Riegel vor," und dann setzten sie sich an den Herd, und die Mutter nahm die Brille und las aus einem grossen Buche vor und die beiden Mädchen hörten zu, sassen und spannen; neben ihnen lag ein Lämmchen auf dem Boden, und hinter ihnen auf einer Stange sass ein weisses Täubchen und hatte seinen Kopf unter den Flügel gesteckt.

Eines Abends, als sie so vertraulich beisammensassen, klopfte jemand an die Türe, als wollte er eingelassen sein. Die Mutter sprach: "Geschwind, Rosenrot, mach auf, es wird ein Wanderer sein, der Obdach sucht." Rosenrot ging und schob den Riegel weg und dachte, es wäre ein armer Mann, aber der war es nicht, es war ein Bär, der seinen dicken schwarzen Kopf zur Türe hereinstreckte. Rosenrot schrie laut und sprang zurück: das Lämmchen blökte, das Täubchen flatterte auf, und Schneeweisschen versteckte sich hinter der Mutter Bett. Der Bär aber fing an zu sprechen und sagte: "Fürchtet euch nicht, ich tue euch nichts zuleid, ich bin halb erfroren und will mich nur ein wenig bei euch wärmen." - "Du armer Bär," sprach die Mutter, "leg dich ans Feuer und gib nur acht, dass dir dein Pelz nicht brennt." Dann rief sie: "Schneeweisschen, Rosenrot, kommt hervor, der Bär tut euch nichts, er meint's ehrlich." Da kamen sie beide heran, und nach und nach näherten sich auch das Lämmchen und Täubchen und hatten keine Furcht vor ihm. Der Bär sprach: "Ihr Kinder, klopft mir den Schnee ein wenig aus dem Pelzwerk," und sie holten den Besen und kehrten dem Bär das Fell rein; er aber streckte sich ans Feuer und brummte ganz vergnügt und behaglich. Nicht lange, so wurden sie ganz vertraut und trieben Mutwillen mit dem unbeholfenen Gast. Sie zausten ihm das Fell mit den Händen, setzten ihre Füsschen auf seinen Rücken und walgerten ihn hin und her, oder sie nahmen eine Haselrute und schlugen auf ihn los, und wenn er brummte, so lachten sie. Der Bär liess sich's aber gerne gefallen, nur wenn sie's gar zu arg machten, rief er: "Lasst mich am Leben, ihr Kinder.

Schneeweisschen, Rosenrot, schlägst dir den Freier tot."

Als Schlafenszeit war und die andern zu Bett gingen, sagte die Mutter zu dem Bär: "Du kannst in Gottes Namen da am Herde liegenbleiben, so bist du vor der Kälte und dem bösen Wetter geschützt." Sobald der Tag graute, liessen ihn die beiden Kinder hinaus, und er trabte über den Schnee in den Wald hinein. Von nun an kam der Bär jeden Abend zu der bestimmten Stunde, legte sich an den Herd und erlaubte den Kindern, Kurzweil mit ihm zu treiben, soviel sie wollten; und sie waren so gewöhnt an ihn, dass die Türe nicht eher zugeriegelt ward, als bis der schwarze Gesell angelangt war.

Als das Frühjahr herangekommen und draussen alles grün war, sagte der Bär eines Morgens zu Schneeweisschen: "Nun muss ich fort und darf den ganzen Sommer nicht wiederkommen." - "Wo gehst du denn hin, lieber Bär?" fragte Schneeweisschen. "Ich muss in den Wald und meine Schätze vor den bösen Zwergen hüten: im Winter, wenn die Erde hartgefroren ist, müssen sie wohl unten bleiben und können sich nicht durcharbeiten, aber jetzt, wenn die Sonne die Erde aufgetaut und erwärmt hat, da brechen sie durch, steigen herauf, suchen und stehlen; was einmal in ihren Händen ist und in ihren Höhlen liegt, das kommt so leicht nicht wieder an des Tages Licht." Schneeweisschen war ganz traurig über den Abschied, und als es ihm die Türe aufriegelte und der Bär sich hinausdrängte, blieb er an dem Türhaken hängen, und ein Stück seiner Haut riss auf, und da war es Schneeweisschen, als hätte es Gold durchschimmern gesehen; aber es war seiner Sache nicht gewiss. Der Bär lief eilig fort und war bald hinter den Bäumen verschwunden.

Nach einiger Zeit schickte die Mutter die Kinder in den Wald, Reisig zu sammeln. Da fanden sie draussen einen grossen Baum, der lag gefällt auf dem Boden, und an dem Stamme sprang zwischen dem Gras etwas auf und ab, sie konnten aber nicht unterscheiden, was es war. Als sie näher kamen, sahen sie einen Zwerg mit einem alten, verwelkten Gesicht und einem ellenlangen, schneeweissen Bart. Das Ende des Bartes war in eine Spalte des Baums eingeklemmt, und der Kleine sprang hin und her wie ein Hündchen an einem Seil und wusste nicht, wie er sich helfen sollte. Er glotzte die Mädchen mit seinen roten feurigen Augen an und schrie. "Was steht ihr da! Könnt ihr nicht herbeigehen und mir Beistand leisten?" - "Was hast du angefangen, kleines Männchen?" fragte Rosenrot. "Dumme, neugierige Gans," antwortete der Zwerg, "den Baum habe ich mir spalten wollen, um kleines Holz in der Küche zu haben; bei den dicken Klötzen verbrennt gleich das bisschen Speise, das unsereiner braucht, der nicht so viel hinunterschlingt als ihr grobes, gieriges Volk. Ich hatte den Keil schon glücklich hineingetrieben, und es wäre alles nach Wunsch gegangen, aber das verwünschte Holz war zu glatt und sprang unversehens heraus, und der Baum fuhr so geschwind zusammen, dass ich meinen schönen weissen Bart nicht mehr herausziehen konnte; nun steckt er drin, und ich kann nicht fort. Da lachen die albernen glatten Milchgesichter! Pfui, was seid ihr garstig!" Die Kinder gaben sich alle Mühe, aber sie konnten den Bart nicht herausziehen, er steckte zu fest. "Ich will laufen und Leute herbeiholen," sagte Rosenrot. "Wahnsinnige Schafsköpfe," schnarrte der Zwerg, "wer wird gleich Leute herbeirufen, ihr seid mir schon um zwei zu viel; fällt euch nicht Besseres ein?" - "Sei nur nicht ungeduldig," sagte Schneeweisschen, "ich will schon Rat schaffen," holte sein Scherchen aus der Tasche und schnitt das Ende des Bartes ab. Sobald der Zwerg sich frei fühlte, griff er nach einem Sack, der zwischen den Wurzeln des Baums steckte und mit Gold gefüllt war, hob ihn heraus und brummte vor sich hin: "Ungehobeltes Volk, schneidet mir ein Stück von meinem stolzen Barte ab! Lohn's euch der Guckuck!" Damit schwang er seinen Sack auf den Rücken und ging fort, ohne die Kinder nur noch einmal anzusehen.

Einige Zeit danach wollten Schneeweisschen und Rosenrot ein Gericht Fische angeln. Als sie nahe bei dem Bach waren, sahen sie, dass etwas wie eine grosse Heuschrecke nach dem Wasser zuhüpfte, als wollte es hineinspringen. Sie liefen heran und erkannten den Zwerg. "Wo willst du hin?" sagte Rosenrot, "du willst doch nicht ins Wasser?" - "Solch ein Narr bin ich nicht," schrie der Zwerg, "seht ihr nicht, der verwünschte Fisch will mich hineinziehen?" Der Kleine hatte dagesessen und geangelt, und unglücklicherweise hatte der Wind seinen Bart mit der Angelschnur verflochten; als gleich darauf ein grosser Fisch anbiss, fehlten dem schwachen Geschöpf die Kräfte, ihn herauszuziehen: der Fisch behielt die Oberhand und riss den Zwerg zu sich hin. Zwar hielt er sich an allen Halmen und Binsen, aber das half nicht viel, er musste den Bewegungen des Fisches folgen und war in beständiger Gefahr, ins Wasser gezogen zu werden. Die Mädchen kamen zu rechter Zeit, hielten ihn fest und versuchten, den Bart von der Schnur loszumachen, aber vergebens, Bart und Schnur waren fest ineinander verwirrt. Es blieb nichts übrig, als das Scherchen hervorzuholen und den Bart abzuschneiden, wobei ein kleiner Teil desselben verlorenging. Als der Zwerg das sah, schrie er sie an: "Ist das Manier, ihr Lorche, einem das Gesicht zu schänden? Nicht genug, dass ihr mir den Bart unten abgestutzt habt, jetzt schneidet ihr mir den besten Teil davon ab: ich darf mich vor den Meinigen gar nicht sehen lassen. Dass ihr laufen müsstet und die Schuhsohlen verloren hättet!" Dann holte er einen Sack Perlen, der im Schilfe lag, und ohne ein Wort weiter zu sagen, schleppte er ihn fort und verschwand hinter einem Stein.

Es trug sich zu, dass bald hernach die Mutter die beiden Mädchen nach der Stadt schickte, Zwirn, Nadeln, Schnüre und Bänder einzukaufen. Der Weg führte sie über eine Heide, auf der hier und da mächtige Felsenstücke zerstreut lagen. Da sahen sie einen grossen Vogel in der Luft schweben, der langsam über ihnen kreiste, sich immer tiefer herabsenkte und endlich nicht weit bei einem Felsen niederstiess. Gleich darauf hörten sie einen durchdringenden, jämmerlichen Schrei. Sie liefen herzu und sahen mit Schrecken, dass der Adler ihren alten Bekannten, den Zwerg, gepackt hatte und ihn forttragen wollte. Die mitleidigen Kinder hielten gleich das Männchen fest und zerrten sich so lange mit dem Adler herum, bis er seine Beute fahrenliess.

Als der Zwerg sich von dem ersten Schrecken erholt hatte, schrie er mit einer kreischenden Stimme: "Konntet ihr nicht säuberlicher mit mir umgehen? Gerissen habt ihr an meinem dünnen Röckchen, dass es überall zerfetzt und durchlöchert ist, unbeholfenes und läppisches Gesindel, das ihr seid!" Dann nahm er einen Sack mit Edelsteinen und schlüpfte wieder unter den Felsen in seine Höhle.

Die Mädchen waren an seinen Undank schon gewöhnt, setzten ihren Weg fort und verrichteten ihr Geschäft in der Stadt. Als sie beim Heimweg wieder auf die Heide kamen, überraschten sie den Zwerg, der auf einem reinlichen Plätzchen seinen Sack mit Edelsteinen ausgeschüttet und nicht gedacht hatte, dass so spät noch jemand daherkommen würde. Die Abendsonne schien über die glänzenden Steine, sie schimmerten und leuchteten so prächtig in allen Farben, dass die Kinder stehenblieben und sie betrachteten.

"Was steht ihr da und habt Maulaffen feil!" schrie der Zwerg, und sein aschgraues Gesicht ward zinnoberrot vor Zorn. Er wollte mit seinen Scheltworten fortfahren, als sich ein lautes Brummen hören liess und ein schwarzer Bär aus dem Walde herbeitrabte. Erschrocken sprang der Zwerg auf, aber er konnte nicht mehr zu seinem Schlupfwinkel gelangen, der Bär war schon in seiner Nähe. Da rief er in Herzensangst: "Lieber Herr Bär, verschont mich, ich will Euch alle meine Schätze geben, sehet, die schönen Edelsteine, die da liegen. Schenkt mir das Leben, was habt Ihr an mir kleinen, schmächtigen Kerl? Ihr spürt mich nicht zwischen den Zähnen; da, die beiden gottlosen Mädchen packt, das sind für Euch zarte Bissen, fett wie junge Wachteln, die fresst in Gottes Namen."Der Bär kümmerte sich um seine Worte nicht, gab dem boshaften Geschöpf einen einzigen Schlag mit der Tatze, und es regte sich nicht mehr.

Die Mädchen waren fortgesprungen, aber der Bär rief ihnen nach: "Schneeweisschen und Rosenrot, fürchtet euch nicht, wartet, ich will mit euch gehen." Da erkannten sie seine Stimme und blieben stehen, und als der Bär bei ihnen war, fiel plötzlich die Bärenhaut ab, und er stand da als ein schöner Mann und war ganz in Gold gekleidet.

"Ich bin eines Königs Sohn," sprach er, "und war von dem gottlosen Zwerg, der mir meine Schätze gestohlen hatte, verwünscht, als ein wilder Bär in dem Walde zu laufen, bis ich durch seinen Tod erlöst würde. Jetzt hat er seine wohlverdiente Strafe empfangen."

Schneeweisschen ward mit ihm vermählt und Rosenrot mit seinem Bruder, und sie teilten die grossen Schätze miteinander, die der Zwerg in seiner Höhle zusammengetragen hatte. Die alte Mutter lebte noch lange Jahre ruhig und glücklich bei ihren Kindern. Die zwei Rosenbäumchen aber nahm sie mit, und sie standen vor ihrem Fenster und trugen jedes Jahr die schönsten Rosen, weiss und rot.

DIE STIEFMUTTER

BRÜDERCHEN UND SCHWESTERCHEN
Schätze Neu Erzählt 2

Es war einmal in einer Welt, in der Magie und Technik mit unerwarteten Konsequenzen aufeinander treffen …

Selbst mit ihren Hexenkräften gelingt es Isabel nicht, die Spur ihrer ausgerissenen Stiefkinder zu entdecken. Verzweifelt wandert sie durch den Alten Wald, der von freundlicher und bösartiger Magie durchzogen ist, um das Land in den Bergen zu erreichen, das sie als junge Frau verließ. Bald stellt sie fest, dass eine gefährliche Kreatur das Bergvolk im Griff hat. Werden ihre Kräfte reichen, um ihre Kinder wiederzufinden und das Königreich zu retten, das sie liebt?

Was wäre, wenn die Brüder Grimm die Stiefmutter in "Brüderchen und Schwesterchen" falsch dargestellt hätten?

ISBN 978-3-95681-032-9
auch als eBook erhältlich

DES KÖNIGS MECHANIKERIN
DIE SCHÖNE UND DAS BIEST
Schätze Neu Erzählt 3

Es war einmal in einer Welt, in der Magie und Technik mit unerwarteten Konsequenzen aufeinander treffen …

Weil ihr Vater bei einem Diebstahl erwischt wird, erwartet Luna und ihren Bruder eine Strafe, schlimmer als der Tod – es sei denn, sie arbeitet als Mechanikerin für den König. Sie tut ihr Möglichstes und versucht dabei, die Avancen seines besten Freundes abzuwehren. Als wäre das nicht genug, verunglückt der König mit einer Maschine, die sie für sicher gehalten hatte. Kann sie ihn lange genug am Leben halten, um Gefahr von sich, ihrem Bruder und dem ganzen Königreich abzuwenden?

Was wäre, wenn Charles Perault's Schöne mehr kann, als einem Biest das Herz zu erweichen?

ISBN 978-3-95681-035-0
auch als eBook erhältlich